Deborah Levy

O custo de vida

TRADUÇÃO
Adriana Lisboa

autêntica contemporânea

Copyright © 2018 Deborah Levy

Título original: *The Cost of Living*

Na página 67, a frase "E eu adoro a chuva" faz referência a um verso de "April Rain Song" [Canção da chuva de abril], poema de Langston Hughes.

Deborah Levy faz referências ao ensaio "On Fashion and Freedom" [Sobre moda e liberdade], de sua autoria, encomendado conjuntamente pelo Manchester Literature Festival 2016, pela Manchester Art Gallery e pelo 14–18 NOW.

Todos os direitos reservados pela Autêntica Editora Ltda. Nenhuma parte desta publicação poderá ser reproduzida, seja por meios mecânicos, eletrônicos, seja via cópia xerográfica, sem a autorização prévia da Editora.

EDITORAS RESPONSÁVEIS
Ana Elisa Ribeiro
Rafaela Lamas

PREPARAÇÃO DE TEXTO
Sonia Junqueira

REVISÃO
Marina Guedes

CAPA
Allesblau

IMAGEM DE CAPA
Rafaela Pascotto

DIAGRAMAÇÃO
Waldênia Alvarenga

Dados Internacionais de Catalogação na Publicação (CIP)
(Câmara Brasileira do Livro, SP, Brasil)

Levy, Deborah
  O custo de vida / Deborah Levy ; tradução Adriana Lisboa. -- 1. ed. -- Belo Horizonte, MG : Autêntica Contemporânea, 2023.

Título original: The Cost of Living
ISBN 978-65-5928-229-6

1. Autoras inglesas - Autobiografia 2. Escrita 3. Literatura inglesa 4. Memórias autobiográficas I. Título.

22-129161   CCDD-828

Índices para catálogo sistemático:
1. Memórias autobiográficas : Literatura inglesa 828

Eliete Marques da Silva - Bibliotecária - CRB-8/9380

A **AUTÊNTICA CONTEMPORÂNEA** É UMA EDITORA DO **GRUPO AUTÊNTICA**

Belo Horizonte
Rua Carlos Turner, 420
Silveira . 31140-520
Belo Horizonte . MG
Tel.: (55 31) 3465 4500

São Paulo
Av. Paulista, 2.073 . Conjunto Nacional
Horsa I . Sala 309 . Bela Vista
01311-940 . São Paulo . SP
Tel.: (55 11) 3034 4468

www.grupoautentica.com.br
SAC: atendimentoleitor@grupoautentica.com.br

Somos sempre mais irreais que o outro.
Marguerite Duras, *A vida material* (1987)

1

O Prateado

Como Orson Welles nos disse, se queremos um final feliz, depende de onde paramos a história. Certa noite de janeiro, eu comia arroz com coco e peixe num bar na costa caribenha da Colômbia. Um americano bronzeado e tatuado estava sentado na mesa ao lado da minha. Tinha seus quarenta e muitos anos, grandes braços musculosos, o cabelo prateado preso num coque. Falava com uma jovem inglesa de uns dezenove anos que antes estava sentada sozinha lendo um livro, mas depois de certa hesitação havia aceitado o convite de se juntar a ele. No início, só ele falava. Depois de um tempo, ela o interrompeu.

O que ela dizia era interessante, intenso e estranho. Contava sobre um mergulho com cilindro no México, como tinha passado vinte minutos debaixo d'água e depois voltado à superfície para descobrir que havia uma tempestade. O mar tinha se tornado um redemoinho, e ela estava aflita, sem saber se conseguiria voltar para o barco. Embora sua história fosse sobre voltar à superfície depois de um mergulho e descobrir que o tempo tinha mudado, também era sobre algum tipo de mágoa não revelada. Ela lhe deu algumas pistas sobre isso (havia alguém no barco que, ela pensava, devia ter ido salvá-la), então olhou para ele a fim de verificar se ele sabia que ela falava da tempestade de uma forma disfarçada. Ele não estava tão interessado e conseguiu mexer os joelhos de modo a dar um safanão na mesa, fazendo com que o livro dela caísse no chão.

Ele disse, "Você fala muito, hein?".

Ela pensou no assunto, os dedos penteando as pontas do cabelo enquanto observava dois adolescentes vendendo charutos e camisas de futebol para turistas na praça de paralelepípedos. Não era tão fácil assim comunicar a ele, um homem muito mais velho, que o mundo era o mundo dela também. Ele se arriscara ao convidá-la a se juntar a ele em sua mesa. Afinal de contas, ela vinha com toda uma vida e uma libido próprias. Não ocorrera a ele que ela talvez não se considerasse o *personagem secundário* e a ele o personagem principal. Nesse sentido, ela havia desestabilizado uma fronteira, demolido uma hierarquia social, rompido com os rituais costumeiros.

Ela lhe perguntou o que estava pescando em sua tigela com os chips de tortilha. Ele disse que era ceviche, peixe cru marinado em suco de limão, que estava escrito no cardápio em inglês como *sexvice* — "Vem com uma camisinha", ele disse. Quando ela sorriu, eu sabia que estava apostando em ser alguém mais corajosa do que se sentia, alguém que poderia viajar livremente e desacompanhada, ler um livro e bebericar uma cerveja sozinha num bar à noite, alguém que poderia arriscar uma conversa incrivelmente complicada com um estranho. Ela aceitou sua oferta de provar o ceviche, depois se esquivou da oferta de ir com ele nadar à noite numa parte isolada da praia local, que, ele assegurou, ficava "longe das pedras".

Depois de um tempo, ele disse, "Não gosto de mergulhar. Se eu tivesse que ir até o fundo, seria em busca de ouro".

"Ah", ela disse. "Engraçado você dizer isso. Eu estava pensando que o nome que eu daria para você seria Prateado."

"Por que Prateado?"

"Era o nome do barco de mergulho."

Ele sacudiu a cabeça, perplexo, e desviou o olhar dos seios dela para o sinal de neon na porta, indicando a saída. Ela sorriu de novo, mas contra a vontade. Acho que sabia que precisava acalmar a turbulência que havia trazido consigo do México para a Colômbia. Decidiu retirar suas palavras.

"Não, Prateado por causa do seu cabelo e do brinco na sua sobrancelha."

"Eu sou só um barco à deriva", ele disse. "Sigo à deriva por aí."

Ela pagou a própria conta e lhe pediu para pegar o livro que ele derrubara no chão, o que significava que ele precisava se curvar e se esticar por baixo da mesa, puxando o livro com o pé. Levou um tempo e, quando ele reapareceu com o livro na mão, ela não se mostrou agradecida nem descortês. Disse apenas, "Obrigada".

Enquanto a garçonete pegava pratos com montes de patas de caranguejo e ossos de peixe, eu me lembrei da citação de Oscar Wilde: "Seja você mesmo; todas as outras personalidades já têm dono". Não era bem verdade no caso dela. Precisava apostar num eu dono de liberdades que o Prateado tinha como pressupostas – afinal de contas, ele não tinha dificuldade para ser ele mesmo.

Você fala muito, hein?

Exprimir nossa vida tal como a sentimos é uma liberdade que geralmente escolhemos não assumir, mas me parece que as palavras que ela queria dizer estavam vivas dentro dela, misteriosas para ela tanto quanto para qualquer outra pessoa.

Mais tarde, quando eu estava escrevendo na sacada do hotel, pensei em como ela havia convidado o barco à deriva que era o Prateado a ler nas entrelinhas da mágoa não revelada. Poderia ter parado a história descrevendo as maravilhas de tudo o que tinha visto no mar profundo e calmo antes da tempestade. Teria sido um final feliz, mas não parou ali. Estava fazendo a ele (e a si mesma) uma pergunta: "Você acha que eu fui abandonada por aquela pessoa no barco?". O Prateado era o leitor errado para sua história, mas acho que ela poderia ser a leitora certa para a minha.

2
A tempestade

Tudo estava calmo. O sol brilhava. Eu nadava no fundo. E então, quando voltei à superfície, vinte anos depois, descobri que havia uma tempestade, um redemoinho, um vendaval jogando as ondas por cima da minha cabeça. A princípio, não sabia ao certo se conseguiria voltar para o barco, e então me dei conta de que não queria conseguir. O caos é, em tese, o que mais tememos, mas cheguei à conclusão de que talvez seja o que mais queremos. Se não acreditamos no futuro que estamos planejando, na casa cujas prestações temos que pagar, na pessoa que dorme ao nosso lado, é possível que uma tempestade (à espreita faz muito tempo nas nuvens) nos traga mais para perto de como queremos estar no mundo.

A vida desmorona. Tentamos nos reestruturar e segurar as pontas. E então nos damos conta de que não queremos segurar as pontas.

Quando eu tinha meus cinquenta anos e minha vida deveria estar desacelerando, se tornando mais estável e previsível, ela se tornou mais veloz, instável e imprevisível. Meu casamento era o barco, e eu sabia que se nadasse de volta para ele iria me afogar. É também o fantasma que vai assombrar minha vida para sempre. Nunca vou superar o luto pelo meu prolongado desejo de um amor duradouro que não reduza seus personagens principais a algo menor do que o que são. Não tenho certeza de ter testemunhado com frequência o amor que alcance todas essas coisas, então talvez esse ideal esteja destinado a ser um fantasma. Que tipo de perguntas esse fantasma me faz? Perguntas políticas, com certeza, mas ele não é um político.

Quando eu estava viajando pelo Brasil, vi uma lagarta colorida tão grossa quanto meu polegar. Parecia ter sido desenhada por Mondrian, seu corpo marcado com quadrados simétricos em azul, vermelho e amarelo. Eu não podia acreditar nos meus olhos. Mais peculiar ainda, ela parecia ter duas vibrantes cabeças vermelhas, uma em cada extremidade do corpo. Fiquei olhando para ela por muito tempo a fim de verificar se poderia ser mesmo real. Talvez o sol tivesse subido à *minha* cabeça, ou eu estivesse alucinando por conta do chá preto fumegante que bebia todos os dias enquanto olhava as crianças jogando futebol na praça. Era possível, como descobri mais tarde, que a lagarta apresentasse uma falsa cabeça para se proteger dos predadores. Nessa época, eu não conseguia decidir em que parte da cama queria dormir. Digamos que o travesseiro na minha cama estivesse voltado para o sul; às vezes eu dormia ali e depois mudava o travesseiro, para que ele ficasse voltado para o norte, e dormia ali também. No fim, coloquei um travesseiro em cada extremidade da cama. Talvez isso fosse uma expressão física de ser um eu dividido, de não pensar com clareza, de ter duas opiniões sobre alguma coisa.

Quando o amor começa a rachar, a noite entra. Não acaba nunca. É cheia de pensamentos raivosos e acusações.

Esses monólogos internos atormentadores não param quando o sol nasce. Isto era o que mais me magoava: que minha mente tivesse sido abduzida e estivesse cheia Dele. Não era nada menos que uma ocupação. Minha própria infelicidade estava começando a se tornar um hábito, da maneira como Beckett descreveu o pesar tornando-se "algo que você pode continuar aumentando durante toda a sua vida [...] feito uma coleção de selos ou de ovos".

Quando voltei para Londres, meu jornaleiro turco me deu um chaveiro feito de um pompom de pelo. Eu não sabia ao certo o que fazer com ele, então o prendi em minha bolsa. Existe algo de bastante inspirador num pompom. Fui caminhar no Hyde Park com um colega e o pompom saltitava para um lado e para o outro de uma maneira leve, enquanto chutávamos as folhas de outono. O objeto era um espírito livre, loucamente alegre, parte animal, parte outra coisa. Era tão mais feliz do que eu. Meu colega usava um anel delicado com um minúsculo e enfadonho diamante engastado no aro de ouro entrançado. Ele disse, "minha esposa escolheu esta aliança para mim. É vitoriana, não muito o meu estilo, mas faz com que eu me lembre dela". E, em seguida, disse, "Minha esposa bateu com o carro outra vez". Ah, eu pensei, enquanto passávamos pelas árvores douradas, *ela não tem nome. É uma esposa.* Perguntei-me por que meu colega com frequência esquecia os nomes da maioria das mulheres que conhecia em eventos sociais. Sempre se referia a elas como a esposa ou namorada de alguém, como se fosse tudo o que eu precisava saber.

Se não temos nomes, quem somos?

Chorei feito uma mulher quando soube que meu casamento tinha acabado. Já vi um homem chorar feito uma mulher, mas não tenho certeza de ter visto uma mulher chorar feito um homem. O homem que chorou feito uma mulher estava num funeral e mais gemia, soluçava e se lamentava do que chorava; suas lágrimas eram muito fortes. Seus ombros se sacudiam, seu rosto estava cheio de manchas, ele metia a mão no bolso do paletó e tirava dali lenços de papel que apertava contra os olhos. Cada um deles se desintegrava. Sons estranhos saíam do seu diafragma. Era um luto muito manifestado.

Achei que ele chorava por todos nós naquele momento. Todas as outras pessoas choravam de modo mais socialmente consciente. Quando falei com ele no velório, ele me disse que seu luto o havia despertado para o fato de que em sua própria vida "O amor tinha assinado o nome no livro de visitas, mas nunca chegado para morar".

Ele se perguntava o que o havia impedido de ser mais ousado. Estávamos bebendo um bom uísque irlandês, uma marca apreciada pelo homem excepcional que tinha morrido. Perguntei-lhe se ele e aquele homem tinham sido amantes. Ele disse que sim, com idas e vindas durante muitos anos, mas nunca tinham corrido o risco de se deixarem ficar vulneráveis um para o outro. Nunca tinham assumido o seu amor. Quando ele me perguntou por que meu casamento estava naufragando, sua própria honestidade tornou possível para mim falar mais abertamente. Depois que eu tinha falado durante algum tempo, ele disse, "Parece-me que seria melhor para você encontrar outra maneira de viver".

Imaginei a conversa que eu nunca tinha tido com o pai dos meus filhos sendo encontrada, um dia, na caixa-preta arremessada no fundo do oceano quando o barco naufragou. Numa tarde chuvosa de terça-feira, no futuro distante, ela seria finalmente encontrada por uma forma de vida artificial que haveria de se agrupar ao redor dela para escutar as tristes e fortes vozes de seres humanos em sofrimento.

A melhor coisa que eu fiz foi não nadar de volta para o barco. Mas aonde eu deveria ir?

3
Redes

Vendemos a casa da família. Essa ação de desmontar e empacotar uma longa vida juntos pareceu conferir ao tempo uma forma esquisita; um *flashback* da minha partida da África do Sul, país do meu nascimento, quando tinha nove anos, e um *flash-forward* de uma vida desconhecida que ainda me aguardava aos cinquenta. Eu estava desfazendo o lar que tinha gastado a maior parte da energia da minha vida construindo.

Arrancar o papel de parede do conto de fadas da Casa da Família, onde o conforto e a felicidade de homens e crianças foi a prioridade, é encontrar atrás dele uma mulher carente de gratidão, de amor, uma mulher negligenciada e exausta. Criar um lar de que todos desfrutem e que funcione bem requer habilidade, tempo, dedicação e empatia. Acima de tudo, ser arquiteta do bem-estar de todas as outras pessoas é um ato de imensa generosidade. Essa tarefa ainda é fundamentalmente percebida como trabalho da mulher. Consequentemente, palavras de todo tipo são usadas para diminuir essa gigantesca empreitada. Se foi impregnada pela sociedade, a esposa e mãe desempenha o papel de esposa e mãe de todo mundo. Ela construiu a história que o velho patriarcado projetou para a família nuclear heterossexual e, é claro, acrescentou alguns floreios contemporâneos de sua própria autoria. Não se sentir em casa na casa de sua família é o começo da história mais ampla da sociedade e de suas mulheres descontentes. Se a mulher não estiver por demais vencida pela história social que desempenhou com esperança, orgulho, felicidade, ambivalência e raiva, vai mudar a história.

Desfazer o lar de uma família é como quebrar um relógio. Tanto tempo passou por todas as dimensões daquela casa. Aparentemente, uma raposa consegue ouvir um relógio tiquetaqueando a quase quarenta metros de distância. Havia um relógio na parede da cozinha da casa da nossa família, a menos de quarenta metros do jardim. As raposas deviam tê-lo ouvido tiquetaqueando por mais de uma década. Agora estava embalado, virado de cabeça para baixo numa caixa.

Minha gentil vizinha me viu de pé no jardim enquanto as portas do caminhão de mudança batiam e o motorista ligava o motor. Perguntou se eu precisava descansar. Deitei-me por uma hora no seu sofá. Quando eu estava prestes a ir embora, ela perguntou, "O que são aquelas coisas ali?". Apontava para as redes de pescar da infância das minhas filhas, que eu não tinha embalado junto com o resto das coisas. Uma era amarela; a outra, azul, ainda cobertas de grãos de areia. Elas haviam usado aquelas redes para pegar peixinhos em férias na beira do mar, caminhando com água até os joelhos, esperando que algo incrível viesse até elas. As redes, um metro e meio de comprimento, agora se apoiavam sonhadoras nas janelas vitorianas sextavadas da minha vizinha.

O pai delas e eu concordamos que viveríamos separados, mas que sempre viveríamos juntos nas vidas das nossas filhas. Só o que existe são lares onde o amor está presente e lares onde o amor está ausente. A história patriarcal foi o que se quebrou. Ainda assim, a maior parte das crianças que crescem nessa história vai lutar, junto com todas as outras pessoas, para compor outra.

4
A vida em amarelo

*Fiz um périplo reconhecendo-me noite após noite numa
idéia sugestiva de desestruturação generalizada e,
ao mesmo tempo, de uma nova composição.*
Elena Ferrante, *História da menina perdida*
(Biblioteca Azul, 2017)

Naquele novembro, eu me mudei com minhas filhas para um apartamento no sexto andar de um grande e malconservado prédio no alto de uma ladeira no norte de Londres. Aparentemente, um *programa de restauração* deveria começar naquele prédio, mas nunca começava. O piso dos corredores compartilhados ficou coberto de plástico industrial cinza por três anos depois que nos mudamos. A impossibilidade de consertar e restaurar um amplo edifício antigo parecia melancolicamente apropriada naquele momento de desintegração e ruptura. O processo de restauração, de trazer de volta e consertar algo que existia antes, nesse caso, um edifício *art déco* caindo aos pedaços, era a metáfora errada para aquele momento da minha vida.

Eu não queria restaurar o passado. O que eu precisava era de uma composição inteiramente nova.

Foi um inverno rigoroso. O sistema comunitário de aquecimento tinha quebrado. A calefação não funcionava, faltava água quente e, às vezes, também faltava água fria. Eu tinha três aquecedores halógenos ligados e doze grandes garrafas de água mineral guardadas debaixo da pia. Quando a água era desligada, o vaso sanitário não dava descarga. Alguém tinha escrito um bilhete anônimo e colado na porta do elevador. *AJUDEM. Por favor ajudem. Faz um frio insuportável nos apartamentos, será que alguém poderia FAZER alguma coisa.* Minha filha mais velha, que tinha começado o primeiro ano na universidade, brincava que a vida de estudante era um luxo, em comparação. Durante algumas semanas depois que ela foi embora para começar o curso, eu acordava de madrugada com a sensação esquisita de que algo estava errado. Onde estava minha filha mais velha? Então me lembrava, e sabia que todas nós estávamos seguindo adiante rumo a um outro tipo de vida.

Era inútil tentar fazer caber uma vida antiga numa vida nova. A velha geladeira era grande demais para a nova cozinha; o sofá, grande demais para a sala; as camas tinham o formato errado para os quartos. A maior parte dos meus livros estava em caixas na garagem, com o resto da casa da família. Mais urgente: eu já não tinha um escritório no momento profissionalmente mais agitado da minha vida. Escrevia onde podia e me concentrava em criar um lar para minhas filhas. Poderia dizer que aqueles foram os anos de maior sacrifício pessoal, e não os anos que passei na nossa unidade de família nuclear. Ainda assim, estar criando aquele tipo de lar, um espaço para uma mãe e suas filhas, era tão difícil e humilhante, tão profundo e interessante que, para minha surpresa, descobri ser capaz de trabalhar muito bem no caos daquele momento.

Eu pensava com clareza e lucidez; a mudança para o alto da ladeira e a nova situação haviam libertado algo que antes estava encurralado e reprimido. Tornei-me fisicamente forte aos cinquenta anos, bem no momento em que meus ossos teoricamente deveriam estar perdendo sua força. Eu tinha energia porque não havia outra escolha a não ser ter energia. Precisava escrever para sustentar minhas filhas e precisava levantar todos aqueles pesos. A liberdade nunca é de graça. Quem quer que tenha lutado para ser livre sabe o quanto custa.

Peguei dois imensos vasos de pedra no jardim da casa da família e os coloquei na sacada do meu quarto. Aquela sacada tinha o tamanho de uma mesa de cozinha comprida e fina. Havia espaço apenas para uma mesinha redonda de jardim e duas cadeiras. Os vasos pareciam transatlânticos ancorados num pequeno lago. Aquele não era o lugar deles. Não naquela vida nova, no céu, com uma vista ampla de Londres. As paredes do ermo corredor comum do prédio tinham sido pintadas com um cinza mosqueado nos anos 1970, o que eu acho que combinava com o plástico cinza que fora colocado sobre os carpetes verdes puídos. Aqueles corredores ficavam acesos o dia inteiro e a noite inteira, uma penumbra sinistra e imutável. Em outros momentos, davam a sensação de ser amnióticos e alucinógenos, como se estivéssemos flutuando numa membrana cinza. Meus amigos achavam que pareciam algo saído de *O iluminado*.

Comecei a chamá-los de Corredores do Amor.

Quem quer que viesse pela primeira vez fazer uma entrega no apartamento (havia mais de cem) parecia levemente desorientado e tomado pelo pânico quando eu abria a porta da frente. Se apertássemos os olhos um pouco, podíamos fingir que os corredores eram uma versão da residência de Manhattan de Don Draper em *Mad Men,* após a ocorrência de uma pequena catástrofe. Talvez não um terremoto, mas um leve tremor de terra, em que os novos habitantes do prédio pudessem vislumbrar como ele havia sido nos velhos tempos. Uma vez dentro do apartamento, porém, tudo era iluminado e arejado, diante da nossa escura casa vitoriana. Vivíamos em companhia do céu, da aurora ao crepúsculo, com suas neblinas prateadas e nuvens moventes e luas de formato cambiante.

Às vezes, à noite, as estrelas distantes pareciam muito próximas quando eu escrevia na minúscula sacada, embrulhada num casaco. Eu havia trocado o escritório forrado de livros da minha vida anterior por um céu estrelado. Era a primeira vez que apreciava um inverno britânico.

Tinham me dado dois pequenos arbustos de morangos floridos, e eles gostavam de morar na sacada. Como essa planta perene conseguia produzir frutos escarlate em novembro? Aparentemente, era uma planta que tinha evoluído antes da última Era do Gelo, então talvez gostasse do frio. Certas noites eu escrevia no meu quarto, como uma estudante, mas sem cerveja, baseado e batata frita. Em minha vida antiga, costumava escrever cedo, pela manhã, mas agora tinha me tornado uma pessoa matutina e noturna. Não sei ao certo o que aconteceu com o sono nessa fase. Depois de todo o peso levantado, era um choque estar tentando descobrir como resolver a cadência de uma única frase. Três dias depois da mudança, nas horas antes do nascer do sol, uma abelha gigante e sonolenta pousou na tela do meu computador. Ao mesmo tempo, eu podia ouvir zumbidos ao redor da lâmpada no meu abajur. Quando levantei os olhos, havia cinco abelhas no meu quarto, mais enérgicas que a tsarina rechonchuda cochilando na minha tela. Sempre tive encontros com abelhas em minha vida e com frequência me perguntei por que as principais protagonistas dos contos de fadas situados em bosques e florestas raramente são picadas ou aferroadas por insetos. Quando Chapeuzinho Vermelho abria caminho através dos abetos e faias do bosque para levar pão à sua avó, suas canelas teriam sido devoradas por mosquitos bem antes que o lobo ameaçasse comê-la. E quanto às formigas, às aranhas, aos carrapatos e às mutucas com os quais ela e nós compartilhamos a vida? De onde tinham saído aquelas abelhas de inverno londrinas? Talvez tivessem entrado depois de visitar os arbustos de morango. Parecia um bom presságio que as abelhas estivessem felizes por viver comigo na alegria e na tristeza. Como eu iria viver com elas? Desliguei o abajur, depois o laptop e saí do quarto. Enquanto me esticava no sofá da sala, doze caixas ainda não desempacotadas empilhadas junto à parede, um poema de Emily Dickinson me veio à mente. Eu poderia dizer que ele voou para dentro da minha mente vindo de lugar nenhum, mas lugar nenhum é algo que não existe. Todos os meus livros de Dickinson estavam ficando úmidos nas caixas de livros juntando mofo na garagem. Estavam na minha mente.

> A fama é uma abelha.
> Tem uma canção –
> Tem uma ferroada –
> Ah, e também é alada.

Gostaria que a fama tivesse dado a Emily Dickinson uma asa quando ela estava viva. Eu sabia como era se sentir subjugada e como, assim ela nos disse, a esperança é a coisa com asas que nunca para de cantar, apesar do desencorajamento e da negligência. Emily Dickinson tinha se tornado uma reclusa. Talvez estivesse punindo a si mesma por seu anseio de liberdade, seu anseio de não ser dominada? Outro de seus poemas veio de lugar nenhum, o que é sempre algum lugar, e tinha a palavra *esposa*. Só conseguia me lembrar do primeiro verso:

Sou "esposa" – está acabado –

Eu me perguntei o que é que estava acabado, então adormeci de jeans e botas, como uma *cowgirl*, exceto pelo fato de que o céu era minha pradaria.

Naquele inverno, minha filha e eu gostávamos de comer laranjas no café da manhã. Descascávamos e partíamos a fruta na noite anterior, fazíamos um xarope com água e mel e deixávamos tudo esfriando na geladeira. Fomos ficando mais experimentais, acrescentando sementes de cardamomo e água de rosas, mas chegamos à conclusão de que aquilo era como comer flores cedo demais pela manhã. As abelhas teriam gostado, mas eu não queria que elas tomassem posse do apartamento. Tinha comprado um daqueles relógios que têm um canto de pássaro diferente a cada hora. De manhã, às sete, a cambaxirra chamava os pássaros verdadeiros que cantavam nas escuras árvores invernais. Às quatro da tarde estava escuro de novo quando o pica-pau-malhado-grande começava a furar a madeira e batucar. Ao voltar para casa à noite, eu às vezes conseguia ouvir o rouxinol enquanto caminhava pelos cinzentos Corredores do Amor.

Enquanto minha filha mais velha estava na universidade, tínhamos encolhido de uma família de quatro para uma família de duas pessoas. Era difícil nos acostumarmos com a mesa vazia e a ausência dos gritos. Então, eu pegava emprestada outra família que conhecia mais adiante na rua e os convidava para o almoço na maioria dos domingos. Assim, éramos seis, e nossa pequenina família se tornava algo maior e mais barulhento. Eles eram uma família esperta, esse pessoal que morava mais adiante na rua. Sabiam que eu queria aumentar minha própria família, mas nunca me diziam isso, numa atitude silenciosa e conspiratória. Chegavam de bom ou de mau humor, dependendo de quem tinha perdido seus tênis ou a chave da porta ou o telefone. Ficávamos presos no almoço, bebíamos bastante vinho e eles riam do meu relógio de pássaros. Como habitualmente chegavam à uma, eram recebidos com uma serenata do tentilhão. Quando iam embora, a coruja de celeiro tinha começado a piar.

Quando eu não estava escrevendo e dando aulas e desempacotando caixas, minha atenção se voltava para o conserto dos canos entupidos sob a pia do banheiro. Isso envolvia desatarraxar todas as partes, colocar um balde debaixo dos canos e não saber o que fazer em seguida. Tinha pegado emprestada uma máquina misteriosa do cardiologista que vivia no andar de baixo. Era como um aspirador de pó, exceto pelo fato de que tinha fios que eram inseridos no tubo. Era cedo pela manhã e eu usava o que às vezes chamavam de jaqueta de carteiro francês por cima da camisola. Não era uma decisão deliberada usar uma jaqueta azul de carteiro para consertar o encanamento, de jeito nenhum, mas por acaso ela estava pendurada no gancho do banheiro e me mantinha aquecida. O contraste entre o algodão grosso e utilitário da jaqueta e a diáfana camisola parecia resumir tudo para mim, mas eu não tinha certeza de qual era o resumo. Agora que eu não estava mais casada para a sociedade, tornava-me outra coisa ou outra pessoa. O que ou quem seria? Como eu poderia descrever essa sensação estranha de me dissolver e recompor? Palavras devem abrir a mente. Quando as palavras fecham a mente, podemos ter certeza de que alguém foi reduzido a nada.

Para me divertir (não havia ninguém mais por ali), comecei a pensar no gênero da camisola feminina em relação ao conserto de encanamentos. A que eu usava era de seda preta e, imagino, bastante sensual, de modo genérico. Eu podia me exibir com ela e podia me disfarçar com ela, dado que a feminilidade era um disfarce, de todo modo. Sabia que a seda preta era um clássico do gênero roupa de dormir feminina. Para acrescentar, também estava usando o que minhas filhas chamavam de "sapatos xamânicos". Eram botas curtas de camurça preta forradas com abundante pele falsa, de duvidoso realismo; uma dessas peles pendia como um rabinho, chicoteando minhas canelas enquanto eu andava pelo apartamento procurando uma ferramenta chamada êmbolo mestre. Os sapatos tinham sido presente do meu melhor amigo, que achava que eu precisava de algum "isolamento", nas palavras dele – o que talvez seja um termo usado pelos encanadores para cobrir algo que está exposto e desprotegido. Eu gostava das botas de pele com o seu calor reconfortante e suas propriedades mágicas (suponho que minha fantasia era de que eu mesma tinha esfolado os animais) e a jaqueta de carteiro parecia ser um contraponto à camisola preta de seda.

Eu era o homem. Eu era a mulher.

Talvez fosse o xamã?

Essa era uma dimensão que eu queria explorar mais. O xamã com frequência usava roupas femininas. Tinha o cargo mais alto do templo. Eu tinha ouvido dizer que na Coreia uma mulher xamã tem permissão de usar roupas masculinas para receber uma presença masculina em seu corpo. Seria essa roupa a minha jaqueta azul de carteiro? O xamã tem que viajar a outros mundos, assim como eu tinha que viajar ao interior do sistema debaixo da pia a fim de ver como ele era conectado aos canos entupidos perto da banheira. Minhas mãos começaram a formigar, talvez para me dar força para as batalhas de bricolagem que tinha pela frente. O que saiu através dos canos, após muita escavação com a ajuda da misteriosa máquina e do êmbolo mestre, foi um espesso e pegajoso nó de cabelo humano. Mexer no encanamento era como arqueologia. O cabelo era um artefato humano, desencavado das profundezas. O êmbolo mestre era um objeto dotado de beleza e funcionalidade. Quando a água começou a correr livremente pelo ralo outra vez, fiz descer o tufo de cabelo numa vitória solitária. Comecei a pensar que poderia não apenas escavar a Roma Antiga, mas limpar seu encanamento também. Sabia que teria de obter uma máquina misteriosa só minha. O cardiologista tinha me convidado para tomar uma taça de vinho depois que devolvi suas ferramentas. Eu um dia talvez corresse o risco de voltar a me apaixonar, mas não iria perder meu coração para o cardiologista.

No mesmo dia fiz um jardim no banheiro. Plantei um cacto alto e outras suculentas e coloquei tudo na prateleira ao lado da banheira. Eram espinhosas, algumas cobertas de afiados espinhos brancos. O vapor da água quente pareceu lançá-las num frenesi erótico, porque as suculentas começaram a crescer num ritmo acelerado.

Enquanto tudo na minha nova casa se tornava literalmente menor (exceto as suculentas), minha vida se tornava maior. Naquele momento difícil, eu aceitava todos os trabalhos que me ofereciam e fazia uma careta quando as contas escorriam pela caixa de correio. Comecei a me dar conta de que o que eu precisava era de uma quantidade suficiente de coisas certas. A luz e o céu e a sacada eram coisas certas. Minhas filhas encontrando seu caminho através de sua nova história, começando a moldá-la e transformá-la em algo seu, próximas do pai, tudo isso eram coisas certas. Um apartamento cheio de adolescentes cantarolantes quando minha filha mais nova trazia suas amigas depois da escola era a coisa certa. Não ter um lugar calmo onde escrever era a coisa errada. Não viver com animais era a coisa errada. Mas como poderíamos viver com um animal, num apartamento, no sexto andar? Falamos sobre um peixinho dourado, mas chegamos à conclusão de que ele estaria melhor num lago. Minha filha disse que arranjaria um camundongo, mas isso não aconteceu. Falamos sobre um papagaio, mas isso também não aconteceu. Em algum momento ela falou sobre capturar um esquilo no parque e trazê-lo para casa. Será que isso aconteceu? Será que ela penteava a cauda dele todas as manhãs antes de sair para a escola? Era o que ela queria, mas não aconteceu. Em vez disso, ela se deitou na cama e leu *O grande Gatsby*, depois me disse que F. Scott Fitzgerald não era muito bom escritor. Às vezes um animal traz mais consolo do que um livro.

Minha amiga Gemma me disse, "Você vai ter que fazer seu quarto funcionar para você. Construir uma escrivaninha. Construir uma estante. Trazer as caixas da garagem e desempacotar seus livros. Experimentar viver com cores". Com isso ela queria dizer pintar as paredes de uma cor que não fosse branca. "Amarelo seria bom para você", insistiu. "Purifica as emoções e nos dá um senso maior das coisas." Quando ela disse isso, eu me lembrei de ter pintado o teto do quarto na casa da família com uma cor chamada Claraboia Inglesa. O teto parecia um céu baço e cor de chumbo. Até mesmo quando fazia sol lá fora, chovia dentro de casa. Todos os dias e todas as noites.

Na minha nova vida, eu ia me comprometer com uma vida a cores.

Pintei de amarelo as paredes do meu quarto. Comprei suntuosas cortinas de seda laranja numa loja de caridade. Pendurei um escudo africano feito de penas de galinha que tinham sido tingidas de rosa. Tinha sessenta centímetros de largura e parecia uma flor imensa. O escudo era costurado de tal maneira que permitia que se abrisse e se fechasse. Porém, preso à parede ele estava sempre aberto, num momento em que eu estava emocionalmente fechada. Precisava de um escudo para me defender da ira da minha antiga vida.

Acho que podia dizer que agora tinha como escudo uma flor. Uma das minhas heroínas era a artista sul-africana Esther Mahlangu, de 81 anos, que se tornou artista de forma autodidata aos dez anos de idade ao observar sua mãe e sua avó pintando com penas de galinha. Ela própria era uma obra de arte – as contas em suas roupas, as pulseiras em suas mãos, seu pescoço e seus pés. Eu queria falar com ela, mas não sabia o que queria dizer.

Esther, não sei como viver em amarelo. Não sei como viver em minha vida.

As paredes amarelas estavam me deixando louca. As cortinas de seda laranja eram como acordar com uma erupção na pele.

Tirei o escudo da parede e pintei todas as paredes de branco outra vez, exceto uma. Substituí o escudo por uma gravura emoldurada de Oscar Wilde. Então fui enfrentar as traças na cozinha. Elas eram como algo saído de um romance de García Márquez, voando por ali feito pequeninos demônios cegos, saciadas da farinha de trigo com fermento e da aveia que as atraíam aos armários da minha cozinha.

As traças pareciam gostar de pousar nas duas fotografias que eu havia prendido na geladeira com ímãs. Uma era da escultora britânica Barbara Hepworth, sessenta anos de idade, uma ferramenta de entalhe na mão, inclinada sobre uma gigantesca esfera de madeira que estava moldando. Ela abrira a forma sólida para fazer uma forma perfurada, um buraco, após o nascimento da sua primeira filha, em 1931. Descrevia a escultura como "a realização tridimensional de uma ideia".

A outra fotografia era da escultora Louise Bourgeois, noventa anos de idade, uma ferramenta de entalhe de ferro na mão, inclinada sobre uma esfera escultural branca que lhe chegava à cintura. Na fotografia, ela usava uma blusa de *chiffon* debaixo de uma túnica preta, o cabelo prateado preso num coque, pequenas argolas de ouro nas orelhas. Bourgeois tinha declarado, de forma impopular, que fazia arte porque suas emoções eram maiores do que ela.

Sim, às vezes é agonizante sentir coisas. Eu tinha passado os últimos meses tentando não sentir nada. Bourgeois tinha aprendido a costurar bem cedo na firma de tapeçaria dos pais. Pensava na agulha como um objeto de conserto psicológico – e o que ela queria consertar, dizia, era o passado.

Ou nós morremos por causa do passado ou nos tornamos artistas.

Proust tinha buscado esse mesmo pensamento e encontrado algo que melhor convinha àquela fase da minha vida:

As ideias vêm a nós como sucessoras das tristezas, e as tristezas, no momento em que se transformam em ideias, perdem parte de sua força para ferir o coração.

Enquanto eu lutava contra as traças e várias tristezas e o passado, coisas que retornavam todos os dias para me atormentar, olhei outra vez para as duas artistas presas de um jeito torto na geladeira. Aos meus olhos, a qualidade particular da atenção delas enquanto moldavam calmamente as formas que estavam inventando lhes conferia uma beleza sem medida. Esse tipo de beleza era tudo o que importava para mim. Nesse momento de incertezas, escrever era uma das poucas atividades em que eu podia lidar com a ansiedade do incerto, de não saber o que aconteceria em seguida. Uma ideia se apresentava, vinha em minha direção, talvez nascida de uma tristeza, mas não sei se ela sobreviveria à minha atenção à deriva, sem falar da minha atenção mais focada. Desdobrar inúmeras ideias através das dimensões do tempo é a grande aventura da vida da escrita. Mas eu não tinha um lugar onde escrever.

5

Gravidade

Celia veio em meu socorro. Ela era uma atriz e livreira com seus oitenta e poucos anos. Certa noite, em sua cozinha, no fim de janeiro, começou a cantar alguma coisa para mim em galês. Eu lhe disse que não entendia galês.

"Bem, eu nasci no País de Gales e você não, mas o que estava pensando enquanto cantava é que você precisa de um lugar onde escrever."

Apontou para o depósito nos fundos do seu jardim. Era onde seu marido, o grande e falecido poeta Adrian Mitchell, às vezes escrevia, na primavera e no verão. Tinha sido construído debaixo de uma macieira. Em três segundos, concordei em alugá-lo dela. Celia sabia que eu era financeiramente responsável por "uma multidão", como dizia, então selamos um acordo razoável com um copo do rum de Havana do qual ela gostava e que preferia misturar com Coca-Cola. Todas as vezes que bebia rum de Havana, ela erguia o copo e fazia um brinde ao milagre dos altos índices de alfabetização em Cuba. "Aliás," disse, "da próxima vez que o *boiler* comunitário não estiver funcionando no seu apartamento, vocês façam o favor de vir para cá tomar um banho quente de banheira."

Todo mundo merece um anjo da guarda como Celia.

Não era um depósito chique. O cortador de grama teria se sentido em casa ali, mas tinha quatro janelas dando para o jardim, uma escrivaninha que pertencera a Adrian, com tampo de couro verde, e algumas prateleiras de fórmica embutidas na parede de trás. Eu também viveria com as cinzas da labrador amarela, conhecida por muitos dos leitores de Adrian como Daisy, a Cachorra da Paz.

Celia disse, "Bem, você pode colocar muitos livros nessas prateleiras, mas eu não vou perturbar Daisy". Na verdade, ela havia adquirido um novo cachorro caolho num abrigo. Aquele pequeno cão de caça latia ferozmente todas as vezes que eu entrava na casa. Celia, pacifista desde sempre, se perguntava se eu deveria me armar com uma pistola d'água para ensinar seu cachorro a me deixar em paz. Ela comprou um conjunto de três pistolas de plástico na loja de 99 centavos, mas por fim comecei a usar o portão do jardim na lateral da casa para ir até o depósito. Celia entendeu que eu iria para lá escrever a qualquer hora do dia e me apresentou a seus muitos amigos como Aquela que Espreita no Jardim. Ninguém tinha autorização para me interromper se ela estivesse de vigia, bater à porta e solicitar uma conversa (o tempo, as notícias, a chegada de um bolo) ou mesmo transmitir uma mensagem urgente da Dona da Casa. Ser valorizada e respeitada dessa forma, como se fosse a coisa mais normal do mundo, era uma nova experiência. Eu não sabia disso então, mas escreveria três livros naquele depósito, incluindo o que você está lendo agora. Ali eu começaria a escrever em primeira pessoa, usando um *eu* que está próximo de mim e que ainda assim não se confunde comigo.

Meu anjo da guarda, que era feroz e adorava gritar com todo mundo – quando não estava gritando num protesto para salvar o Sistema Nacional de Saúde –, insistia em deixar seu freezer *sobressalente* no depósito. Havia momentos em que as únicas coisas naquele freezer, que chegava à minha cintura, eram vinte tubos plásticos de maçãs cortadas, colhidas da árvore no outono. Celia tinha prazer em fazer tortas de maçã ao longo do ano, enquanto Myvy, o Caolho Cão de Guerra, apoiava-se em suas canelas, em completa devoção. Não me surpreenderia se aquele cão de caça desgrenhado começasse a cantar em galês.

Eu disse a Celia que Freud ficava intrigado que, nos sonhos, seus pacientes mais empenhados em parecer racionais fossem os mais felizes quando um cachorro citava um verso de algum poema. Ela disse que se Myvy algum dia fosse recitar poesia, teria que ter sido escrita por Adrian. Aparentemente, o nome galês completo de Myvy era Myfanwy, que significava Meu Querido, embora também pudesse significar Minha Preciosidade, Minha Mulher ou Minha Amada. Achei melhor não jogar mais Freud em cima dela enquanto estivesse com uma faca na mão.

> Os cachorros amam seus amigos e mordem seus inimigos, um comportamento bem diferente do das pessoas, que são incapazes de sentir amor puro e sempre têm que misturar amor e ódio em suas relações com os objetos.

Mais tarde, quando passei meu primeiro outono naquele depósito, as maçãs caíam da árvore no telhado. Era um som explosivo. Comecei a entender por que Newton chegou à sua teoria da gravidade observando a maneira como uma maçã caía tão irrevogavelmente. Uma maçã caindo devagar é algo que não existe.

No dia em que me mudei para o depósito, nevava. O freezer expelia seus vapores frios. Havia teias de aranha no teto, poeira em toda parte, folhas e lama no chão. Como eu criaria um espaço viável para escrever no inverno? Escrever um romance requer muitas horas sentada imóvel, como num voo longo, destino final desconhecido, mas uma rota mais ou menos mapeada. Pendurei dois tapetes de pele de ovelha na minha cadeira. Parecia vagamente algo da Idade da Pedra. Instalei o computador, identifiquei as tomadas disponíveis nas paredes e então trouxe as extensões. Enquanto a neve caía na macieira, eu me sentava no chão desembaraçando fios e organizando as caixas dos meus diários e livros. Perguntava-me o que fazer com todo o papel que acompanha um escritor da minha geração. Havia roteiros de teatro e cinema, poemas, histórias, libretos para ópera, rascunhos de romances que tinham sido escritos usando várias tecnologias – a máquina de escrever manual, a máquina de escrever elétrica, os primeiros computadores. Alguns dos meus diários datavam de 1985. Em um deles estava rabiscado um longo motivo repetitivo, escrito quando eu tinha 26 anos, com a palavra *isto*.

> Isto começa com o saber e o não saber, um copo de leite, chuva, uma reprimenda, uma porta batendo, a língua afiada de uma mãe, um caracol, um desejo, unhas roídas, uma janela aberta. Às vezes isto é fácil e às vezes é insuportável.

O que era *isto*? Não sei. Mas o copo de leite é uma pista. Talvez fosse o início de um romance que eu ia escrever mais tarde naquele depósito, e que intitularia *Hot Milk* [Leite quente]. Havia dois diários que registravam o encontro com o homem com quem eu ia me casar e minha certeza de que estávamos destinados um ao outro. Naquela época, eu não conseguia ver o sentido da minha vida sem ele. Dei-me conta, lendo aqueles diários, de que praticamente não havíamos tido vida juntos antes de termos filhas. Um ano depois de o nosso romance começar, estávamos morando juntos e eu estava grávida. Foi uma descoberta feliz. Semeamos grama no jardinzinho da casa que alugávamos para que ela crescesse a tempo da chegada da nossa primeira filha.

Enquanto isso, tinha que usar toda a minha criatividade para aquecer o apartamento na ladeira quando os *boilers* comunitários dos anos 1930 se recusavam a cooperar com o século XXI, e precisava aquecer o depósito. É claro que queria instalar um aquecedor a lenha no depósito (o que faria com o freezer?) e viver a vida de um escritor romântico – de preferência a vida de Lord Byron, escrevendo poesia com um blazer de veludo, esperando que a inspiração me arrebatasse enquanto a fragrante madeira estalava e crepitava etc. Ai de mim, naquele momento financeiramente austero isso não era possível, mas, como Celia observou, "Contemplar as chamas não ajuda na contagem de palavras, de todo modo". Eu entendia o que ela queria dizer. A vida da escrita tem a ver sobretudo com energia. Alcançar a linha de chegada requer que a escrita se torne mais interessante do que a vida cotidiana, e uma lareira, como a vida cotidiana, nunca é tediosa.

Tive a grande sorte de Celia ficar alarmada com o frio polar e comprar um aquecedor portátil a gás no estilo de um forno provençal a lenha. Era feito de espesso ferro batido e muito pesado, o botijão de gás discretamente escondido dentro de seu corpo de ferro batido. Acho que, em tese, era para ele se parecer com um antigo aquecedor a lenha numa grandiosa casa de fazenda francesa do século XIX. Celia ligava-o no máximo em sua cozinha, junto com o aquecimento central. Quando ela começou a descer para o almoço de short e camiseta e se sentir mole e fraca demais para gritar com quem quer que fosse, soube que ele precisava se mudar para o depósito. Era um aquecedor muito pouco prático e possivelmente perigoso para um pequeno depósito, com o freezer ressoando ali do lado. Primeiro achei que mandaria transportar o impostor provençal ladeira acima até meu apartamento, mas os *boilers* comunitários estavam agora se recuperando.

O clima no abrigo começou a se parecer com um úmido resort costeiro nos trópicos. Comprei uma garrafa térmica para chá, que bebericava durante o dia enquanto as chamas azuis tremeluziam e a neve caía na macieira. O encanto da escrita, como eu a entendia, era um convite para penetrar no intervalo entre a aparente realidade das coisas, ver não somente a árvore, mas também os insetos que vivem em sua infraestrutura, descobrir que tudo está conectado na ecologia da linguagem e da vida. "Ecologia", do grego para "casa" ou "relações entre seres vivos". Não leva mais do que três meses de vida para descobrir que estamos todos conectados à crueldade e à gentileza uns dos outros.

O aquecedor estiloso me lembrava os aquecedores a gás mais feios que usávamos para aquecer a sala de ensaio cheia de correntes de ar nos tempos em que eu escrevia peças de teatro. Ensaiávamos durante muitas horas, fumávamos um cigarro atrás do outro, bebíamos café instantâneo, depois íamos tropeçando para casa, tarde da noite, com uma dor de cabeça insuportável. Quando estávamos ensaiando uma peça que eu tinha escrito, intitulada *As falsas memórias de Macbeth*, tínhamos um aquecedor a gás dinossáurico ligado. O diretor havia feito o ator principal repetir um monólogo específico pelo menos doze vezes. Ele fazia o papel de um empreendedor italiano, Lavelli, um avatar de muitos dos temas que eu inseriria na minha ficção. Lavelli trabalhava detectando notas e cartões de crédito falsificados. Mais tarde foi assassinado por seu colega, um homem deprimido e emocionalmente insensível chamado Bennet.

> Lavelli: Sr. Bennet, mostre-me um cartão de crédito e eu lhe digo em segundos se é falsificado. O artista pode corrigir sua tela cinquenta vezes, mas um falsário, se for bom, corrige sua imitação somente duas. Tem que pintar ao modo do original. E tenho certo respeito por ele. Aqueles de nós que não conseguem imitar têm pouca imaginação. Não conseguimos enxergar fora dos nossos próprios hábitos [...] somos uns nacionalistas desgraçados. O estrangeiro, o estranho, ele também precisa aprender a fazer uma falsificação de si mesmo. Deve imitar a cultura que o recebe. Devemos valorizar a originalidade, mas a verdade é que queremos ser como os outros. Até queremos que nossas diferenças sejam as mesmas diferenças. Está me acompanhando, Bennet?
> Bennet: Hum, sim.

No ponto em que Bennett disse "Hum, sim", todo mundo na sala de ensaios estava mais ou menos asfixiado com o vapor do gás. Eu tinha aprendido que um ator pode transmitir muita coisa com apenas duas palavras. Lavelli era um trapaceiro esperto e refletido, um homem à vontade com as palavras. Estava atormentando Bennet, que, como o público sabia, estava completamente fora do seu ambiente.

Meu depósito era calmo e silencioso e escuro. Eu tinha aberto mão da vida que planejara e estava provavelmente fora do meu ambiente todos os dias. É difícil escrever e estar aberta e deixar as coisas entrarem quando a vida está dura, mas manter tudo do lado de fora significa que não há nada com que trabalhar. Eu tinha decidido levar dez livros comigo para o depósito, incluindo a poesia de Apollinaire, Éluard, Plath e Emily Dickinson (cujo espírito voara até mim naquela noite através das abelhas), um livro sobre a anatomia do corpo humano e os escritos de Robert Graves sobre mito. Isso significava que as prateleiras estavam praticamente vazias, mas eu não queria recriar uma versão do meu ordenado estúdio anterior no depósito empoeirado.

Era um depósito ou uma cabana? O filósofo Martin Heidegger havia chamado seu depósito de *die Hütte*. Procurei no Google e contemplei uma fotografia dele sentado pensativo num banco em sua cabana de três cômodos. Ela fora construída nas montanhas da Floresta Negra, no sul da Alemanha. Sua esposa, Elfride Heidegger, que antes fora estudante de economia, estava de pé, curvada sobre duas panelas cozinhando no fogão. Ambos pareciam infelizes, cinzentos e taciturnos. Aparentemente, muitas das grandes obras de filosofia de Heidegger foram escritas na cabana, incluindo *Ser e tempo*, publicado em 1927. Era um dos livros que eu trouxera comigo ao depósito. Eu havia feito colchetes com caneta hidrográfica vermelha nesta frase: "Todos são o outro e ninguém é si mesmo". Hum. Sim. Em certo sentido, era o que Lavelli estava tentando transmitir a Bennet no meu velho script. Todas as vezes que lia Heidegger em minha cabana, me dava conta de que eu era Bennet.

No fim do dia, eu começava a longa subida a pé de uma das mais altas ladeiras de Londres para cozinhar o jantar para minha filha. Às vezes parava para recuperar o fôlego junto ao portão do cemitério local. Era uma caminhada tão longa no escuro. A noite tinha cheiro de musgo e do mármore molhado das lápides. Eu não me sentia segura nem insegura, mas algo no meio do caminho, liminar, passando de uma vida a outra.

6
O corpo elétrico

Comprei uma bicicleta elétrica para me ajudar a subir a ladeira. Era pesada, uma bicicleta que mais parecia um tanque, mas com o vento às minhas costas eu podia ultrapassar uma *scooter*. Minha bicicleta elétrica era a melhor coisa que me acontecera havia muito. Eu podia ir velozmente de um lugar a outro em pouco tempo. Andava depressa nela. Xingava motoristas e berrava com eles quando abriam suas portas dianteiras de uma maneira que quase me derrubava na rua. Eu tinha *road rage*. Sim, eu me graduara em *road rage* na minha bicicleta elétrica. Isso quer dizer que trazia um bocado de raiva da minha antiga vida, e ela se expressava no trânsito. Eu podia subir a ladeira com sacolas pesadas de compras e uma caixa de frutas no suporte traseiro. Com ajuda da minha bicicleta elétrica, comecei a sentir como se estivesse tirando umas pequenas férias da melancolia dos últimos meses. Enquanto pedalava à toda pela comprida Holloway Road, por algum motivo a extensão de asfalto me lembrava o mar Adriático, escuro e sisudo em Trieste. Talvez fosse a sensação de que algo perigoso espreitava ali debaixo, mas me dei conta de que o acidente já tinha acontecido quando o barco que era o meu casamento bateu nas pedras, e, de todo modo, por que não parar de pensar naquilo e me concentrar na ideia de que a Holloway Road, com suas faixas de ônibus e engarrafamentos, também poderia ser o mar Adriático.

Eu normalmente trancava minha bicicleta no estacionamento dos fundos do meu malconservado prédio. Outros residentes paravam suas motos ali. Nos dias em que trazia para casa muitas sacolas de compras, parava a bicicleta atrás de uma árvore no estacionamento da frente, a fim de descarregar as sacolas. Carregava então as sacolas até o saguão e as deixava do lado de fora do elevador. Em seguida, ia de bicicleta até o estacionamento dos fundos, trancava-a e caminhava de volta ao estacionamento da frente para colocar as compras no elevador e levá-las até o sexto andar. Uma moradora de meia-idade do meu prédio, uma mulher chamada Jean, insistia que eu não podia parar minha bicicleta no estacionamento da frente.

Nem mesmo atrás de uma árvore. Nem mesmo por dois minutos. Sua voz era doce e aguda, a voz de uma loba amaciando sua voz áspera de fera de modo a iludir os cabritinhos e convencê-los a abrir a porta, para poder comê-los. Onde estava a mãe deles? Provavelmente no trabalho, ganhando a vida. Jean assumira para si a missão de ficar sempre de pé junto à minha bicicleta, com seu cardigã colorido, nos dias exatos em que eu descarregava minha compras. Ali estava ela, inclinada sobre o guidom, sorrindo enquanto dizia coisas desagradáveis com sua voz doce. Era importante para Jean deixar claro que era com mais pesar do que com raiva que ela tornava a minha vida ainda mais difícil.

Numa ocasião, quando eu estava descarregando as compras com pressa, Jean apareceu de repente de trás da árvore, como numa cena de uma comédia de Ealing. "Ah," ela disse, "você está sempre com tanta pressa. Ocupada ocupada ocupada o tempo todo."

Jean tinha tempo demais ao seu dispor. Era histericamente feliz, e eu era calmamente infeliz. Enquanto ela estava ali me observando erguer seis sacolas, o colar de pérolas que eu usava no pescoço arrebentou e caiu no chão, quicando na direção dos sapatos práticos de Jean.

"Ah, céus," seus olhos se entreabriram para revelar uma abundância de dentes brancos, "terça-feira não é o seu dia, não é mesmo?"

Numa terça-feira, alguns anos antes, eu tinha ido ao cinema com o pai das minhas filhas ver o filme *A. I. – Inteligência Artificial*, de Steven Spielberg. Sentamos um ao lado do outro no escuro, próximos mas separados. O filme era sobre um menino-robô feito num laboratório, que era especial porque fora programado para ser capaz de amar. Sua mãe adotiva ficou amedrontada com a afeição do filho-robô e o abandonou na floresta. Milhares de anos mais tarde, o menino-robô é descoberto no fundo de um rio congelado por estranhas e belas criaturas que são vida artificial. Elas têm corpos altos e magros, similares aos das figuras nas antigas pinturas das cavernas, e são muito respeitosas com o menino-robô. Dão-se conta de que ele é seu último contato com os seres humanos, porque foi um humano que o programou. Foi durante aquele filme que eu soube que o nosso casamento tinha acabado. Também precisávamos encontrar um menino-robô, porque ele tinha sido programado para amar. Ele tinha dentro de si algo que precisávamos que estivesse dentro de nós.

"Tem razão," eu disse a Jean, "terça-feira não é o meu dia."

Quando contei a Celia sobre Jean, ela disse, "Da próxima vez que ela te assediar, diga-lhe que você já não é mais uma criança". Fiquei levemente chocada quando ela disse isso. Quando deixei sua cozinha naquela noite, após o habitual copinho do melhor rum de Havana, ouvi-a sussurrar a algum dos seus amigos "Não entendo por que ela usa pérolas para escrever naquele velho depósito empoeirado". Meu melhor amigo, que estava prestes a se casar pela terceira vez, não conseguia entender por que eu não dizia a Jean que não me enchesse mais o saco. Eu perguntei a ele o que ia usar no seu terceiro casamento. Ele estava aparentemente tentado a ostentar um paletó amarelo vivo que tinha visto numa butique em Carnaby Street.

"O que quer que você faça," eu disse, "não chegue perto do amarelo."

"Talvez", ele respondeu, "eu pergunte à minha *esposa* o que *ela* acha. Aliás, como andam as coisas? Já consertaram os Corredores do Amor?"

"Não, os corredores ainda estão aguardando serem restaurados. Fora isso, aproveito cada dia. Minha vida está cheia com minhas filhas e seus amigos. Há um bocado de gritos e tempestades hormonais por toda parte e portas batendo regularmente e muitas contas. Aliás, sua nova esposa tem um nome?"

"*Você* sabe que o nome dela é Nadia", ele disse.

Ele preparou uma omelete para nós dois e então, como marido em série, quis saber mais sobre por que eu não nadara de volta ao barco furado que era meu casamento.

"Ora, por que eu nadaria de volta a um barco que vai bater e afundar?", perguntei.

"Oferece proteção simbólica", ele disse, espiando por entre os dentes do garfo a aliança de ouro em seu dedo.

Na vez seguinte que Jean me parou em minha bicicleta, sorri de volta para ela.

"Sabe, é muito pesado carregar todas essas coisas desde o estacionamento dos fundos, e eu não sou mais uma criança." Eu não podia acreditar que tinha dito aquelas palavras naquele tom gentil e compreensivo. Jean piscou os olhos e mentalmente engoliu mais cinco potes de mel. Então disse, "Bem, como você está ocupada ocupada ocupada, já pensou em pedir ao supermercado para entregar suas compras?".

Havia algo que me fazia resistir à ideia de o supermercado entregar minhas compras. Era uma canseira carregar tudo ladeira acima na bicicleta, mas eu gostava da canseira. Queria escolher meu peixe e ervas e legumes de inverno e também me sentia muito orgulhosa de algo que meu pai tinha me ensinado, que era o modo de verificar se certos tipos de fruta, tais como melão ou mamão, estavam maduros. Isso envolvia, ele dissera, apertar com as pontas dos dedos as duas extremidades da fruta, muito de leve, para não machucar a pele, e, se estivesse madura, as extremidades da fruta teriam a textura de um lóbulo de orelha *firme*. Nunca falhava. Não, eu não queria minhas frutas entregues numa van refrigerada. Como poderia pedir ao motorista para comparar as frutas que eu comprava on-line à orelha humana?

Aquelas palavras, "não sou mais uma criança", tinham acalmado Jean. Porém, havia uma parte de mim que se perguntava se teria sido *calmante* explicar a ela que eu era profissional e mãe em tempo integral e encanadora em meio período. O que é que precisava ser acalmado em Jean? Por que todos aqueles sorrisos forçados? Era como se ela sentisse vergonha de viver sozinha e transmitisse uma parte dessa vergonha para mim. Se ela havia relutantemente saído da história social que lhe oferecia proteção simbólica, como haveria de se proteger? O jornal que ela lia todos os dias não tinha respeito por ela, na verdade a odiava, mas ela estava viciada em ser odiada.

Para que serve uma mulher? O que uma mulher deveria ser? O que Jean precisava que eu fosse? Ou que não fosse? Essa era a pergunta que eu não tinha tempo para lhe fazer. Como ela me dissera, mais com raiva do que com pesar, eu estava ocupada ganhando a vida, mesmo nas terças-feiras tristes.

Fiquei obcecada por minha bicicleta elétrica. Eu tinha *rodas*. Certa noite fui com ela a uma festa a pelo menos trinta quilômetros de distância. Zumbia pelas ruas com meu vestido voando no vento atrás de mim. Era difícil não gritar de alegria. Talvez minhas filhas e minha bicicleta elétrica fossem minha única felicidade. Quando cheguei à festa, um homem alto de cabelo prateado veio falar comigo. Disse-me que escrevia biografias militares, sobretudo acerca da Primeira Guerra Mundial, e me pediu que lhe passasse um canapé.

Eu estava desamarrando os tênis para trocá-los pelos sapatos mais glamourosos que tinha trazido comigo e ignorei seu pedido, embora pegar um canapé numa bandeja de prata fosse moleza após todo o levantamento de peso habitual.

Ele era alto e magro, provavelmente com seus sessenta e muitos anos, e parecia desejar minha companhia. Falou sobre seus livros por algum tempo e sobre como sua esposa (sem nome) não estava se sentindo bem, em casa. Não me fez uma única pergunta, nem mesmo qual era meu nome. Aparentemente, o que ele precisava era de uma mulher devotada e encantadora ao seu lado para pegar canapés para ele e que entendesse que ele era a totalidade do assunto. Com seu cabelo prateado e suas sobrancelhas prateadas, comecei a pensar nele como o Prateado. Se ele saísse do personagem e me fizesse algumas perguntas, o que eu efetivamente diria ao Prateado? Se ele perguntasse o obrigatório "E então, o que você faz?", suponho que pudesse botá-lo para correr dizendo a verdade.

"Já que você perguntou, passei o dia de hoje metida com as dificuldades de escrever com verbos no presente. É difícil permanecer interessado na subjetividade de uma pessoa. Há truques para inserir outras subjetividades nesse tempo verbal, mas é um desafio."

Não, eu nunca começaria esse tipo de conversa com o Prateado. Estava relendo os romances do início da carreira e vários ensaios e entrevistas de James Baldwin, e seu título *Ninguém sabe meu nome* me ajudava a compreender por que eu desaprovava o fato de meu companheiro de caminhadas jamais se lembrar dos nomes das mulheres – a mesma coisa com meu melhor amigo (também conhecido como Barba Azul), cujas esposas nunca eram citadas pelo nome até ele se divorciar delas. Numa entrevista com Studs Terkel nos anos 1960, Baldwin, falando sobre racismo nos Estados Unidos, propusera um desafio: "Para aprender seu nome, você vai ter que aprender o meu". *Sim*, pensei, *o que eu realmente deveria dizer ao Prateado é algo como, "Você vai ter que aprender meu nome para que eu possa aprender o seu"*. Ele ficaria desconcertado. Para ser honesta, eu estava desconcertada. Era misterioso. Simone de Beauvoir descrevera

O segundo sexo como uma exposição da "abrangência e intensidade e mistério da história da opressão das mulheres".

Era tão misterioso querer reprimir as mulheres. É ainda mais misterioso quando mulheres querem reprimir mulheres. Só consigo pensar que somos tão poderosas que precisamos ser reprimidas o tempo todo. Seja como for, como James Baldwin me ensinara, eu tinha que decidir quem era e então convencer todas as pessoas na festa de que aquela era quem eu era, mas infelizmente naquela fase eu ainda estava tentando juntar coragem. Tinha que sobreviver às minhas perdas e encontrar alguns rituais para celebrá-las.

Enquanto o Prateado continuava falando sobre si mesmo, vi o homem que tinha chorado no funeral vindo em minha direção. Trocamos um abraço carinhoso, demorando-nos por um momento naquele abraço em reconhecimento à última vez que tínhamos nos encontrado, em circunstâncias muito difíceis – o funeral do seu amante de longa data, o fim do meu casamento.

"Como vai você?", ele sussurrou ao meu ouvido.

"Não sei."

"Sabe sim."

"Bom, está bem," respondi, "esta tarde tive uma discussão com minha revisora sobre vírgulas. Ela quer inserir mais vírgulas no meu texto para facilitar a leitura. Adora vírgulas. Sua doença é nada menos do que a psicose das vírgulas. Ela as insere em toda parte. É como trabalhar com uma vírgula que tomou Viagra."

Quando o homem que tinha chorado no funeral riu, ocorreu-me que eu só o ouvira chorar, que é uma maneira estranha de conhecer alguém.

Estávamos agora ambos falando mais alto que o Prateado.

Ele disse que andara lendo as *Lectures in America* [Palestras nos Estados Unidos], de Gertrude Stein.

"Aparentemente Stein achava óbvio quando alguma coisa era uma pergunta, então parou de usar pontos de interrogação. E achava as vírgulas servis. Para ela, cabia ao leitor decidir se queria fazer uma pausa para respirar."

Ele se inclinou para a frente e pegou duas taças de champanhe numa bandeja de prata, passando uma para mim.

Levara um tempo para se recuperar da morte perturbadora do seu ex-amante, mas uma coisa estranha havia acontecido. Disse que o Amor não apenas assinara o livro de visitas, mas fora morar com ele. Seu nome era Geoff. "Aliás," disse, "onde está seu colar de pérolas? Achei que você nunca tirava, nem mesmo para nadar." Depois que contei sobre o colar explodindo por minha culpa no estacionamento da frente, ele disse, "Se você está levantando todos esses pesos pesados, devia fazer algo que é o oposto".

"Como o quê?"

"Por que não faz sorvete?"

Segurou meu braço e me levou para o jardim.

"Quem é o homem com quem você falava, de cabelo prateado?"

"Ele escreve biografias militares. Seu tema é a guerra", eu disse ao meu novo amigo, que tinha abandonado o cigarro, mas estava fumando mesmo assim.

"Ah," ele respondeu, gesticulando com o cigarro no ar, "pergunto-me se ele concorda com Brecht: 'A guerra é feito o amor; sempre encontra uma maneira'. Você não está com frio nesse vestido?"

"Não. Passo tanto tempo do lado de fora que não sinto mais frio."

"Preciso de um cobertor se formos ficar aqui fora."

Enquanto ele tremia e fumava, contei-lhe sobre uma massagista de sessenta anos que recentemente martelara minha coluna com os punhos enquanto eu jazia de barriga para baixo, a cara metida no buraco da cama de massagem. Ela aparentemente havia passado a semana comprando cobertores macios – *mohair* de muito boa qualidade e lã cem por cento –, que tinha colocado sobre o sofá e as cadeiras. Quando eu lhe perguntei, "Por que cobertores?", ela disse, "Porque a guerra acabou".

Eu me vira gargalhando com a cara naquele buraco. Ela também ria. Eu não tinha certeza do motivo pelo qual ríamos, mas supunha que ela aludia a fazer as pazes com uma mágoa não revelada.

Eu teria gostado de saber mais sobre sua guerra. Não foi vencida nos campos esportivos de Eton, com certeza.

Podíamos ver que as pessoas tinham começado a dançar dentro da casa.

O homem que tinha chorado no funeral me empurrou na direção da porta. "Vamos, seu vestido é tão lindo, vamos dançar, vamos dançar, vamos dançar."

Dançamos como se fosse a nossa última noite na Terra – e para celebrar o novo amor dele e minha nova liberdade e para celebrar eu ter sido indicada para um grande prêmio literário e por mil e uma noites sem dor, e porque, nas palavras dele, "a vida é tão frágil quanto um sapato de cristal". Não entendi isso muito bem, mas ele disse que tinha bebido champanhe demais, então talvez quisesse dizer um caixão de cristal – o que era ainda mais desconcertante, mas, afinal de contas, ele era O Homem que Tinha Chorado no Funeral.

Chutamos nossos sapatos para longe como a canção que tocava nos dizia para fazer. Três voluptuosos sofás de veludo vermelho tinham sido empurrados de encontro às paredes. Rodopiamos e saltitamos e suamos, e então um gatinho listrado apareceu na pista de dança, feito um pequeno leopardo, a cauda erguida. Levantei-o delicadamente do meio dos pés da multidão e o coloquei no alto da cabeça do meu novo amigo.

"Posso senti-lo ronronar através dos meus dedos", ele disse. Naquele momento, eu soube que a tempestade tinha passado. Estava pronta para fazer algo que nunca tinha feito antes, como escrever um manifesto na parede do banheiro de um bar.

Acredito em pessoas que estão nervosas e cujas mãos tremem um pouco.

O gatinho havia escapado e agora se encaminhava para os sofás de veludo vermelho, no instante exato em que Bowie cantava sobre cair e tremer e sobre uma flor. Segui-o e me sentei ao lado de uma mulher com longos cabelos pretos que estava empoleirada na beirada de um dos sofás. Ela usava uma camisa branca e estava absorta costurando um botãozinho de pérola no punho esquerdo. Dizia-me alguma coisa, mas eu não conseguia ouvir muito bem, pois ela estava com uma agulha na boca. Meu cabelo, que sempre usava preso, tinha se soltado, e eu tinha um grampo na boca. O homem que tinha chorado no funeral veio até nós, muito devagar e suavemente, como se estivesse caminhando sobre um caixão de cristal.

"Olá, Clara," ele disse à mulher no sofá, "quero te apresentar à minha amiga. Sabia que ela consegue prender o cabelo com um único grampo?"

"Sim, eu também sei como fazer isso", ela disse.

Quando voltei para casa, passei uma hora na internet conversando com Gupta, na Índia, sobre meu Microsoft Word defeituoso.

Quando olhei em seguida para a caixa de bate-papo, Gupta tinha escrito *Não se preocupe. Eu estou aqui para te ajudar.*

Por algum motivo, a palavra *eu* na tela estava piscando e saltando e tremendo.

Era assim que eu me sentia também.

7

A escuridão preta e azulada

Minha nova vida consistia em tatear à procura de chaves no escuro.

Eu tinha a chave da casa da minha mãe e a chave para que minha filha pudesse entrar no apartamento do pai. Havia a chave do portão do jardim de Celia, que levava ao depósito onde eu escrevia, e a chave do próprio depósito, a chave da casa de Celia, a chave da minha bicicleta elétrica, a chave da bateria elétrica, a chave de controle remoto para entrar no meu prédio e as duas chaves da porta da frente. Era fevereiro na Grã-Bretanha. O céu, cedo pela manhã, era como o da meia-noite. Estava escuro outra vez à tarde quando eu trancava o depósito e caminhava pelo jardim molhado levando a bateria da bicicleta (que ficara carregando durante o dia). Então destrancava o portão do jardim (era complicado abrir e fechar aquele portão, mesmo à luz do dia), levava minha bicicleta e minhas bolsas para fora do jardim e trancava o portão de novo. Com frequência, o carro de Celia estava estacionado na entrada, e era quase impossível espremer a bicicleta para passar por ele. Ela também não era mais uma criança, dado que se encontrava com oitenta e poucos anos, então eu não queria interrompê-la enquanto gritava com todo mundo na casa. Em vez disso, eu tinha que levantar a máquina elétrica inteira por cima do capô do carro sem arranhar a pintura.

Comprei uma lanterna e a carregava comigo para toda parte. Também estava gostando da minha nova parafusadeira elétrica. Cabia com perfeição na minha bolsa, e parecia um pequeno revólver. Havia algo de muito agradável em pressionar o botão vermelho e ouvi-la zumbir feito louca. Apertei os parafusos soltos no portão do jardim e na porta do meu depósito. Isso facilitou a tarefa de trancar e destrancar as portas no escuro. Mas com as chaves, a parafusadeira, a lanterna, as bolsas pesadas de livros e compras e cabos de extensão, muito esforço era necessário, mesmo numa bicicleta elétrica, para subir aquela ladeira perigosamente coberta de gelo.

Certa tarde, fui do depósito onde escrevia a uma reunião sobre a possível venda dos direitos de um dos meus romances para o cinema. Eu devia ter ido de metrô, mas de algum modo minha bicicleta parecia particularmente sedutora, alta e forte sob a macieira. Em Mornington Crescent, fui obrigada a virar a bicicleta de cabeça para baixo no asfalto e consertar a corrente, que tinha emperrado.

Minhas mãos ficaram cobertas de graxa, e eu tive que entrar numa birosca asiática, comprar uma xícara de chá verde e então lavar minhas mãos no banheiro; não havia espelho, nem sabão, nem água quente. Era muito importante não chegar atrasada àquela reunião. Havia viagens com a escola a pagar e a conta do gás e também o terror do meu computador começando a fazer estranhos estalos quando se recusava a desligar.

Os executivos estavam sentados em torno de uma mesa de carvalho polida, numa sala sem janelas. Eram inteligentes, experientes, bem-vestidos e dominavam o que faziam. Ofereceram-me um copo d'água, que aceitei com gratidão. Depois de um tempo, me dei conta de que tinha uma ideia ultrapassada de como deveria ser uma reunião como aquela, adquirida por assistir a demasiados filmes em preto e branco. O que eu tinha em mente era uma atmosfera na qual bebericávamos negronis numa boate em Roma, tramando o arco principal do filme enquanto dançarinos adornados de penas pinoteavam no fundo.

Fizeram-me uma pergunta importante. Quem eu considerava ser o personagem principal em meu romance *Nadando de volta para casa* – Kitty Finch ou Jozef Nowogrodzki, também conhecido como Joe? Respondi que se fosse um filme sobre Joe, o roteirista talvez fosse obrigado a completar, literalmente, sua história passada (nascido na Polônia, judeu, levado às escondidas através de uma floresta em 1943, aos cinco anos, a caminho da área leste de Londres), mas que seria mais interessante dar a tarefa de ligar sua história passada a Kitty Finch, que, de todo modo, achava que estava em contato telepático com ele. Sugeri que eu deveria escrever o roteiro, porque sabia como desenrolar essa história passada a partir do ponto de vista de Kitty. "Não precisamos contar o passado através de *flashbacks*", eu disse, mas quando me pediram para explicar como revelaria o passado de outro modo, me vi sem palavras.

Na verdade, a coexistência do passado e do presente era uma técnica que eu começava a desenvolver em minha ficção e podia ver como funcionaria no filme. Eles claramente não acreditaram em mim e me pediram que lhes mandasse por e-mail uma lista dos personagens secundários e principais até o final da semana.

Depois da reunião, fui até um café, em busca de um muito necessitado expresso. Havia um espelho grande, com uma moldura barroca dourada, pendurado na parede. Foi onde descobri que tinha passado toda a reunião com três folhinhas enlameadas presas no cabelo. Acho que foi porque tive que me abaixar sob a macieira para sair do depósito. Não era uma boa aparência, mas poderia ter sido pior: teias de aranha penduradas na beirada das orelhas, pequenos insetos mortos pendendo das sobrancelhas. Trabalhar no depósito tinha seus problemas quando se tratava da minha aparência. Andar de bicicleta elétrica também. Num certo sentido, ela era o personagem principal na minha vida.

Dava tanto trabalho. O personagem principal sempre é o que dá mais trabalho.

Minha bicicleta elétrica era mais exigente do que minhas filhas. Mais cedo, quando eu estava a caminho da reunião, dois homens diferentes tinham parado para perguntar sobre a bicicleta elétrica, um no sinal em Camden Town, o outro na barraca de frutas do lado da estação de Goodge Street. Eu fora pedalando até essa barraca a fim de comprar uma única ameixa-roxa. Primeiro achei que aqueles homens agradáveis só estavam buscando uma desculpa para falar comigo porque me achavam incrivelmente atraente, mas não, eu era o personagem secundário, e a bicicleta elétrica era a celebridade da contracultura. Acho que os homens eram personagens secundários e eu tinha saído do meu personagem, feliz em explicar que a velocidade máxima assistida era de 24 km/h e que a bicicleta estava equipada com um motor de 200 watts.

Enquanto falava com eles, sentia que me juntava a uma espécie de fraternidade, enquanto lutava ao mesmo tempo com a maternidade. Eu era uma matriarca elétrica numa realidade patriarcal. A vida era difícil e eu não tinha roteiro. *Talvez estivesse escrevendo um.* E o que havia acontecido com a ameixa? Eu a mordera enquanto falava com o homem na estação de Goodge Street. Ela era sumarenta, firme e rechonchuda. Se eu estivesse escrevendo o roteiro, aquela ameixa seria o ponto de virada na trama – o homem teria dito, "Aliás, você sabia que tem três folhas presas no cabelo?".

Bebi o expresso de um só gole e me levantei para seguir adiante com o meu dia. De todo modo, era essencial adicionar um espelho compacto à minha bolsa, junto com o batom, a parafusadeira elétrica, a caneta tinteiro, a lanterna e o pequeno frasco de óleo essencial de rosa (*Rosa centifolia*), que eu agora aplicava nos punhos para me sentir mais calma.

Será que a serenidade tem cheiro de rosa? Uma rosa é bondosa. Uma rosa consola. A cor-de-rosa é a imperatriz dos tons rosados. Talvez uma rosa seja a imperatriz do blues. Quando Bessie Smith cantou que não era capaz de viver numa casa que desabava, era como eu me sentia com relação à minha antiga vida. Era também a canção que James Baldwin ouvia certo inverno nas montanhas da Suíça, onde, muito longe do Harlem, escreveu *Ninguém sabe meu nome.*

Na verdade, não tenho ideia de qual seja a sensação de serenidade. Em tese, a serenidade é um dos personagens principais na antiquada personalidade cultural da feminilidade. É serena e tolerante. Sim, é tão talentosa na tolerância e no sofrimento que essas coisas talvez sejam mesmo os personagens principais em sua história.

Era possível que a feminilidade, tal como tinham me ensinado, houvesse chegado ao fim. A feminilidade, como uma personalidade cultural, já não era mais expressiva para mim. Era óbvio que a feminilidade, tal como escrita pelos homens e desempenhada pelas mulheres, era um fantasma exausto que ainda assombrava o início do século XXI. Qual seria o custo de sair do personagem e parar a história? Havia muitas variações, claro, incluindo a feminilidade corporativa, em que mulheres com chefes masculinos ainda eram solicitadas a se vestir de uma maneira que dava uma piscadela para a sala de reuniões e outra para o quarto. Como era possível ser erótica e comercialmente ativa para o seu chefe o tempo todo? Esse tipo de feminilidade não envelhece muito bem. Depois de um tempo, começa a revelar suas falhas. Minha amiga Sasha, muito bem-sucedida financeiramente, havia me contado que às sextas-feiras ela e suas colegas de trabalho encerravam a semana ficando bêbadas de cair em vários bares e vomitando em seus uniformes corporativos. Eu achava que Sasha e suas amigas eram uma versão do capitalismo tardio para as mênades, seguidoras femininas de Dionísio também conhecidas como "as enlouquecidas", exceto pelo fato de que elas usavam capacetes de touro e podiam arrancar árvores robustas quando intoxicadas. Na Atenas do século V a.C., seus corpos eram possuídos imaginativamente por vários deuses. Sasha observou que no século XXI seu corpo era imaginativamente possuído por seus vários chefes masculinos – que insistiam que usar saltos altos e saias curtas no trabalho era incrivelmente empoderador.

Não, não havia tantas mulheres conhecidas minhas que quisessem trazer de volta o fantasma da feminilidade. O que é um fantasma, aliás? O fantasma da feminilidade é uma ilusão, uma delusão, uma alucinação social. É um personagem muito difícil de desempenhar e é um papel (sacrifício, tolerância, sofrimento alegre) que fez algumas mulheres enlouquecerem. Essa não era uma história que eu quisesse ouvir outra vez.

Estava na hora de encontrar novos personagens principais com outros talentos.

Enquanto caminhava na direção da bicicleta elétrica, que tinha trancado do lado de fora de um Tesco Express, eu resmungava ante o desastre daquela reunião. Como haveria de conquistar o mundo dos filmes se entrava no escritório com folhas no cabelo? Como conseguiria uma oportunidade especial se não era capaz de encontrar palavras para explicar uma técnica para o *flashback* no tempo presente que aprendera com os filmes, para começo de conversa? Diretores como David Lynch, Michael Haneke, Agnès Varda e Alain Resnais eram minhas musas e meus professores nesse quesito. E em particular os filmes de Marguerite Duras, sobretudo pelas formas como ela revelava cinematicamente o retorno da memória reprimida nas vidas de seus protagonistas na tela. Ela havia criado uma linguagem nos filmes que escalavrava a subjetividade humana o quanto é possível sem morrer de dor.

De algum modo, eu havia reprimido essa informação no escritório sem janelas.

Um dos meus talentos não descobertos, eu estava convencida, era o de roteirista. Todo mundo que eu conhecia estava entediado com a mesma velha performance de masculinidade e feminilidade escrita para os personagens principais e secundários. Eu fazia um *flash-forward* até os meus setenta anos e via a mim mesma digitando na beira de uma piscina na Califórnia. Eu seria um gênio lendário do cinema, pele estragada pelo sol, conhecida por digitar vestindo roupas de banho, cercada por verdejantes plantas tropicais que sempre abrem a mente e fazem algo acontecer. Na hora do almoço, minha equipe prepararia meu coquetel e colocaria polvo fresco na churrasqueira.

Tinha começado a chover. As calçadas de Londres cheiravam a moedas velhas.

Sim, meu jardim iluminado pelo sol da Califórnia seria cheio de pássaros coloridos cantarolando. O relógio de pássaros no meu apartamento em Londres era apenas um ensaio para aquela realidade. No fim do dia, destroçada pela busca de técnicas para arrastar o passado ao tempo verbal do presente sem um único *flashback*, eu nadaria à luz da lua com o meu escolhido – enquanto todos os personagens secundários e principais no meu roteiro de cinema aguardavam pacientemente que eu os saudasse pela manhã. O meu escolhido era um personagem secundário ou principal? Principal, obviamente. E onde estavam minhas filhas? Ah, não! Elas estariam crescidas, vivendo suas próprias vidas, temendo um telefonema da mãe – *É ela, está na Califórnia.*

E o que eu poderia dizer às minhas filhas? "Hum, não sou como essas mães que viveram através de vocês, não não, de jeito nenhum. Tenho um personagem principal na piscina comigo. Estou levando uma vida plena e excitante. Aliás, o que vocês vão fazer no Natal? Sabem que aqui o clima é *tropical*?"

Entrei no Tesco Express e comprei um frango para assar para minha filha e suas amigas. Acabei comprando também um único galhinho de alecrim num saquinho selado.

Naquela noite, enquanto eu subia a ladeira de bicicleta na chuva torrencial, minha bolsa se abriu e caiu dela um livro de Freud, *O chiste e sua relação com o inconsciente*, o carregador da bicicleta elétrica (instruções: *não expor à chuva*), um batom, uma lanterna, uma parafusadeira e cinco tangerinas. O tráfego teve que parar enquanto eu procurava o frango. Estava caído feito um bicho morto na estrada perto das rodas do carro que o havia atropelado, esmagado mas intacto, a pele impressa com as marcas do pneu. Apanhei-o e deixei as tangerinas rolarem ladeira abaixo.

Enquanto eu amassava alho e limões e preparava uma pasta para marinar o frango que tinha sido morto duas vezes, uma no matadouro e outra numa rua de Londres, dei-me conta de que minhas roupas estavam ensopadas de chuva. Eu estava verdadeiramente exausta e estava sozinha. Não havia um adulto ao redor para me dizer, "Por que você não tira essas roupas molhadas e toma uma chuveirada quente?". Estava sozinha e estava livre. Livre para pagar as imensas taxas de serviço por um apartamento que tinha pouquíssimos serviços e às vezes nem mesmo os básicos. Livre para sustentar minha família escrevendo num computador que estava prestes a morrer. Era urgente fazer aquela lista de personagens secundários principais e mandar por e-mail ao escritório sem demora.

Soquei o frango dentro do forno e me perguntei se deveria abrir a garrafa de vinho que fora presente do homem que havia chorado no funeral. Ao mesmo tempo, vislumbrei o galhinho comprido de alecrim que tinha comprado no supermercado, o código de barras carimbado no saquinho selado. O alecrim era a erva da recordação, mas tudo o que eu queria era esquecer. Na casa da família, tinha plantado alecrim na parte mais ensolarada do jardim. Ele havia crescido e se tornado um opulento arbusto com flores de um azul-violáceo. O raminho solitário diante de mim era uma bala que mirava o passado.

Decidi abrir o vinho e mandei uma mensagem de texto à minha amiga Lily para que viesse dividi-lo comigo. Ela chegou com uma caixa de morangos e preparou um banho de banheira para mim enquanto falava sobre seu dia. Minha filha e suas amigas adolescentes puseram a mesa. Usavam grandes argolas nas orelhas e brilho nos lábios. Eram loucas pela vida e loucas por causa da vida. Sua conversa era interessante, astuta e hilariante. Eu achava que elas poderiam salvar o mundo. Tudo o mais se desfez, como a pele do frango atropelado. Minha filha e suas amigas e Lily e eu o devoramos com satisfação.

8

A república

Separar-se do amor é viver uma vida livre de riscos. Qual o sentido desse tipo de vida? Enquanto eu pedalava minha bicicleta elétrica através do parque a caminho do depósito onde escrevia, minhas mãos tinham ficado azuis de frio. Eu desistira de usar luvas porque estava sempre tateando no escuro em busca das chaves. Parei junto à fonte, só para descobrir que havia sido desligada. Uma placa da administração dizia, *Esta fonte foi invernada*.

Acho que era o que tinha acontecido comigo também.

Viver sem amor é uma perda de tempo. Eu estava vivendo na República da Escrita e dos Filhos. Não era Simone de Beauvoir, afinal. Não, eu descera do trem numa estação diferente (casamento) para uma plataforma diferente (filhos). Ela era minha musa, mas eu certamente não era a sua.

Ao mesmo tempo, ambas tínhamos comprado passagem (com nosso próprio dinheiro) para o mesmo trem. O destino era rumar para uma vida mais livre. Um destino vago, esse; ninguém sabe como é quando chegamos a ele. É uma viagem sem fim, mas eu não sabia disso naquele momento. Só estava a caminho. Para onde mais poderia rumar? Eu era jovem e encantadora, embarquei no trem, abri meu diário e comecei a escrever em primeira pessoa e em terceira pessoa.

Simone de Beauvoir sabia que uma vida sem amor era perda de tempo. Seu amor duradouro por Sartre parecia ter sido condicionado ao fato de ela viver em hotéis e não criar um lar com ele, o que, nos anos 1950, era mais radical do que, acredito, até mesmo ela se desse conta. Permaneceu comprometida com Sartre, como o amor essencial de sua vida, por 51 anos, apesar das outras relações de ambos. Ela sabia que nunca tinha querido ter filhos ou servir o café da manhã dele ou desempenhar tarefas para ele ou fingir não estar intelectualmente comprometida com o mundo a fim de se tornar mais amável para ele. A meia-idade a aterrorizava de maneiras que eu não compreendia totalmente. Ao mesmo tempo, como tinha escrito ao escritor Nelson Algren, no arrebatamento do seu novo amor, "Quero tudo da vida, quero ser mulher e ser homem, ter muitos amigos e ter solidão, trabalhar muito e escrever bons livros e viajar e me divertir [...]".

Quando eu estava numa turnê com meu livro nos Estados Unidos e aterrissei em Chicago, meu editor mandou um motorista. Seu nome era Bill e ele sabia tudo sobre Chicago. A primeira coisa que Bill fez foi me levar para ver onde Nelson Algren morava quando Simone de Beauvoir fez a longa viagem da França para estar em seus braços. Era uma rua cheia de folhas, com casas espaçosas construídas com tijolo vermelho, com varandas e jardins. Bill me disse que nos tempos de Algren era uma vizinhança violenta e feia, e que Algren passava tempo com prostitutas, lutadores de boxe e drogados. Pensei em Simone, uma das mais importantes intelectuais do seu tempo, chegando em Chicago, tão diferente de Paris quanto possível, e em como ela encontrou o amor no terceiro andar daquela velha casa de tijolos vermelhos. Durante algum tempo, Algren a havia libertado emocional e sexualmente de Sartre.

Como era não acordar num hotel? Ser uma convidada no *lar* do amante? Presumivelmente, ele havia escolhido alguns móveis e comprado suas próprias lâmpadas. Era seu anfitrião. Algren tinha escrito a ela, quando temia que seu caso de amor transatlântico estivesse acabando, para lhe dizer a verdade acerca das coisas que queria: "um lugar meu onde morar, com uma mulher minha e talvez um filho meu. Não há nada de extraordinário em querer essas coisas".

Não, não há nada de extraordinário em todas essas coisas agradáveis. Exceto pelo fato de que Simone sabia que custaria a ela mais do que a ele. No fim, concluiu que não podia pagar o preço. Quando Algren lhe implorou que deixasse Paris e fosse viver com ele em Chicago, ela escreveu, "Eu não poderia viver apenas para a felicidade e o amor. Não poderia desistir de escrever e de trabalhar no único lugar onde minha escrita e meu trabalho talvez façam sentido".

Será que ela poderia escrever e ter felicidade e amor e um lar e um filho? Ela não pensava assim. Eu própria achei isso bastante desafiador. Ao mesmo tempo, eu sabia desde cedo que, se escolhesse, poderia ter o controle autoral dos meus livros. Isso não é tão óbvio quanto parece. Como faria isso na altura dos meus vinte e poucos anos, se devia agradar todo mundo o tempo todo em busca de aprovação, um lar, filhos e amor?

E quanto aos homens que, assim como Algren, queriam um lar, filhos e amor? No meu hotel em Boston, eu tinha visto de relance um homem sentado com sua companheira na mesa de um café dando para o porto. Ele estava apaixonado por ela, era atencioso e delicado e gentil. Ela havia tirado as sandálias e o casaco e os óculos escuros e a pulseira de ouro do punho. Enquanto ele pressionava os lábios na pele reluzente de seus braços nus, ela olhava para longe e então saiu andando, afastando-se dos lábios dele e do sol. Depois de um instante, ele recolheu suas sandálias, a pulseira, os óculos escuros e a bolsa, sua própria câmera, o protetor solar, o telefone e caminhou até a mesa na sombra. Algo ou alguém em sua vida tornara-o corajoso o suficiente para carregar aquilo tudo e dar todos aqueles beijos. Se ele a queria mais do que ela a ele, como ela começaria essa conversa de uma forma que não destruísse a coragem dele?

Enquanto estava sentada nos degraus de pedra junto à fonte invernada, vi uma das minhas alunas atravessando o parque. Ela usava um casaco vermelho e luvas vermelhas de lã. Falava com alguém ao telefone. Depois de um tempo, tirou a luva da mão direita para melhor segurar o aparelho, alcançando com a esquerda as poucas folhas que restavam na árvore.

Ela havia recentemente me dado algo que escrevera para que eu lesse. Estava claro que temia que sua voz emergente fosse alvo de deboche. Todas as vezes que escrevia algo que realmente queria dizer, ela acrescentava uma piada autodepreciativa, de modo a solapar a verdade que lutara para desenredar. Talvez por necessidade de aprovação ou de amor? Contudo, que tipo de amor exigiria que ela ocultasse seu talento? Entre suas influências estava Claude Cahun (nascida Lucy Schwob, poeta, artista e militante da resistência na Segunda Guerra Mundial), e um livro que levava consigo o tempo todo, *Pele negra, máscaras brancas*, do psiquiatra e revolucionário Frantz Fanon, nascido na ilha caribenha da Martinica. Ela arrancara o papel de parede da casa de sua família e deslizara a mão para dentro dos tijolos nus em busca de algo que sabia que estava ali. Um aspecto de seu conto era sobre dois pássaros engaiolados cantando. Depois de lê-lo algumas vezes, questionei aqueles pássaros cantores aos quais ela era muito apegada. Os eventos traumáticos em sua escrita ocorreram durante os meses das monções no sul da Índia, entre julho e setembro. Sugeri que ela trabalhasse com a chuva em vez dos pássaros. Ela reescreveu o conto, que ganhou vida. Era ao mesmo tempo cheio de nuances e furioso – uma combinação difícil de conseguir. Ela havia usado o último verso de um poema de Langston Hughes como um refrão irônico e triste, que repetia ao longo de todo o conto.

E eu adoro a chuva.

Agora que os pássaros já não gritavam por cima de sua própria e poderosa voz, a aluna me disse que era difícil reivindicar aquela força. Assustava-a. Quando eu lhe disse que acreditava que ela possuía uma abundância de talento, ela começou a chorar. Então disse, "Desculpe, ainda não tomei o café da manhã". Remexeu na mochila e tirou dali duas pequeninas *samosas*. Quando abriu o guardanapo em que estavam embrulhadas e o usou para enxugar os olhos, estava nervosa, e suas mãos tremiam um pouco. Mais tarde naquele dia, vi que ela deixara as *samosas* na mesa do meu escritório. Tive que descer dois lances de escadas para encontrá-la e, quando as coloquei em sua mão, ela olhou para mim e disse, "Ah, mas eu deixei para você".

"Bem, obrigada", respondi. "Mas você não tem que me dar nada por eu te informar que você é um gênio."

Marguerite Duras não tinha a "paciência fatal" que Beauvoir corretamente supunha terem aprendido, em prejuízo próprio, as mulheres que eram mães. Depois que Duras escreveu *O arrebatamento de Lol V. Stein,* fez uma observação curiosa: disse que deu a si mesma permissão para falar "num sentido completamente estranho às mulheres". Sei o que ela quer dizer. É tão difícil reivindicar nossos desejos e tão mais relaxante debochar deles.

A aluna me viu de pé junto à fonte desligada e acenou. Depois de jogarmos conversa fora – *O que você está fazendo aqui, mora por perto?* – mostrei-lhe a placa que dizia que a fonte havia sido invernada. Ela me perguntou se essa palavra existia. Eu também nunca tinha ouvido. Seria um novo verbo? Procuramos em nossos telefones e vimos que significava "adaptar algo para o inverno". Nesse caso, eu não estava invernada no fim das contas. Identificava-me com Camus, que declarava ter um verão invencível por dentro, mesmo no inverno. Eu ainda explorava a ideia de que a Holloway Road se parecia com o mar Adriático. Ainda não tinha descartado essa ideia, mas era difícil aceitá-la. A aluna me disse que vira recentemente uma exposição da fotógrafa estadunidense Francesca Woodman. Woodman havia feito uma série de autorretratos, com frequência nua, nos quais encontrara uma técnica para borrar a forma feminina. Estava sempre tentando se fazer desaparecer dentro das paredes e atrás do papel de parede e dentro do piso, tornar-se vapor, um espectro, uma mancha, um sujeito feminino que é apagado mas reconhecível.

"Sim," ela disse, "eu com frequência me sinto assim."

"Pelo menos você arranjou umas luvas", brinquei. "Assim, está invernada."

Depois de algum tempo, perguntei aonde ela estava indo.

Ia, na verdade, tomar café da manhã com sua amiga Nisha, que por acaso era fotógrafa.

"Estamos duras, então pedimos um café da manhã inglês completo. Nisha fica com o bacon, a salsicha e um ovo, eu com os cogumelos, o tomate e o outro ovo, e compartilhamos o feijão e aquela batata estilo *hash browns*."

"Parece um bom combinado," eu disse, "mas *hash browns* não é estadunidense?"

"Sim, é um café da manhã inglês completo que tem uma relação especial com os Estados Unidos. Mas para ser honesta eu prefiro *brownie* de *hash* a *hash browns*."

Desejamos uma à outra um bom-dia e eu segui caminho ladeira abaixo ao depósito onde escrevia.

O depósito estava invernado. Agora estava quente. Eu tinha colocado dois tapetes kilim no chão, mas não tinha o menor desejo de domesticar meu local de trabalho. Até ali, fora dez livros, meu computador e vários diários, não havia muito mais no meu depósito.

Uma vela em forma de cacto.

As cinzas de Daisy, a Cachorra da Paz.

Um espelho mexicano emoldurado com pequenos azulejos de cerâmica.

Uma cadeira de madeira azul.

Uma cadeira verde de escritório coberta com duas peles de carneiro.

O freezer.

Uma luminária comprida com base circular de concreto e uma lâmpada com a ponta prateada.

Um guarda-chuva verde e amarelo.

Um pacote de nozes e uvas-passas.

Um rádio.

O jardineiro que vinha uma vez por mês cuidar da macieira e das plantas era um ator de seus cinquenta e poucos anos. Tinha uma voz profunda e relaxante e olhos muito azuis. Com frequência, falávamos de livros que estávamos lendo e de seus vários trabalhos como ator e de por que ele escolhera profissões tão precárias. Ele parecia preocupado que o depósito fosse um lugar desconfortável e austero para se trabalhar no inverno. Às vezes pegava um maço de ervas e flores de inverno no jardim e trazia para mim no depósito. Eu não podia lhe dizer que eram as flores que disparavam algumas das mais dolorosas memórias da minha antiga vida. Como pode uma flor inflamar uma ferida? Pode, e é o que acontece se for um portal para o passado. Como pode uma flor revelar informações sobre personagens secundários e principais? Pode, e é o que acontece. Como pode uma flor se parecer com um criminoso? Para o escritor e criminoso Jean Genet, o uniforme listrado dos condenados recordava flores. Tanto as flores quanto as bandeiras devem falar muito por nós, mas não tenho certeza de saber o que estão dizendo.

Um jardineiro é sempre um futurista com uma visão de como uma planta pequena e humilde vai brotar e resplandecer com o tempo. Será que os futuristas têm *flashbacks* ou só *flash-forwards*? Eu gostava de pensar que o passado, tal como o experimentava, teria o mesmo fim de Ziggy Stardust. Eu o mandava embora e ele voltava dos mortos com inúmeras roupas incríveis. Sim, eu estava com Ziggy *e* estava com Kierkegaard em todos os sentidos: "A vida só pode ser compreendida de frente para trás, mas deve ser vivida de trás para a frente".

Em nossas várias pausas da escrita e da jardinagem, ele me levava para ver os diferentes tipos de menta que estava cultivando em vasos, ou explicava por que estava podando a macieira de forma tão severa. Eu tinha me afeiçoado àquela árvore, em especial por causa da forma inspiradora com que os esquilos, correndo tronco acima e tronco abaixo, viravam-se de repente para mim enquanto eu estava sentada sozinha no depósito. Embora parecessem alarmados, sabiam que eu estava ali *antes* de se virarem para olhar. Esse havia sido meu tema em *Coisas que não quero saber,* livro no qual especulava que as coisas que não queremos saber são as coisas que sabemos de todo modo, mas não queremos olhar muito de perto. Freud descreveu como esquecimento motivado esse desejo de desconhecer aquilo que conhecemos.

Alegrava-me compartilhar aquele jardim com os esquilos. Eu havia passado duas décadas procurando plantas que fossem acolhedoras a pássaros e abelhas e borboletas na casa da nossa família, mas naquele momento de ruptura só queria uma mesa onde escrever e uma cadeira na solidão da minha cabana.

Aquele jardineiro tinha o dom de parecer dar a todas as pessoas com quem falava toda a sua atenção, como se estivesse cuidando de uma planta, avaliando como ela responderia ao clima, ao solo, à coexistência com outras plantas. Eu podia ver, pelo seu intenso olhar azul, que ele era um ator. Sentia-se curioso acerca de tudo e de todos. A arte dramática é uma estranha ocupação em que o ator passa a residir dentro de outra pessoa.

Em meu depósito, eu pesquisava o mito da Medusa, e ela passara a residir dentro de mim. Eu não estava cem por cento convencida de que gostava de tê-la ali. A Medusa era uma mulher ao mesmo tempo muito poderosa e muito transtornada. Era um mito peculiar sobre uma mulher que devolve o olhar masculino em vez de desviar os olhos, e termina com sua cruel decapitação, a separação da cabeça de uma mulher (a mente, a subjetividade) de seu corpo – como se sua potência fosse por demais ameaçadora. Robert Graves especulava que a razão para essa decapitação era uma tentativa de pôr fim à ameaça do poder feminino e reafirmar a dominação masculina. Para minha surpresa, a Medusa começou a penetrar no meu novo romance.

Nessa época eu estava pensando numa mulher que me disse que seu marido nunca olhava para ela. "Nunca. Até quando fala comigo, ele sempre olha noutra direção." Quando eu estava na companhia deles, comecei a vê-lo nunca olhando para ela. Essa mulher, que morava numa casa ampla com seu marido e dois cachorros ferozes (talvez para protegê-los do risco de uma troca mais íntima um com o outro), era sujeita a um curioso tipo de violência passiva. Começou a assumir mais responsabilidades no trabalho porque não queria viver mais horas do dia em casa com ele. Moravam na mesma casa, mas levavam vidas separadas e dormiam em quartos separados. Quando ela voltava de sua desafiadora vida profissional para casa, ficava contente em ter alguém com quem ver filmes à noite. Mas, quando discutiam o filme depois, ela dizia que os olhos dele permaneciam na tela enquanto ele emitia suas opiniões, bem depois que os créditos já tinham parado de passar. Ela queria deixar a sala e encontrar outro lugar para estar, mas então se lembrava de que morava ali e que aquele era o seu lar.

A política temperamental do lar moderno tinha se tornado complicada e confusa. Eu conhecia muitas mulheres modernas e aparentemente poderosas que criavam um lar para todas as outras pessoas, mas não se sentiam em casa na casa de sua família. Preferiam o escritório ou onde quer que trabalhassem, porque tinham mais status do que como esposa. Orwell, em seu ensaio de 1936, "Matar um elefante", notou que o imperialista "usa uma máscara, e seu rosto se adapta a ela". A esposa também usa uma máscara e seu rosto se adapta a ela, em todas as suas variações. Algumas mulheres que eram as principais provedoras em sua família estavam sendo dissimuladamente punidas por seus maridos por qualquer grau de sucesso que alcançassem. Seus parceiros tinham se tornado ressentidos, zangados e deprimidos. Como nos dissera Simone de Beauvoir, as mulheres não deveriam eclipsar os homens num mundo em que o sucesso e o poder estão traçados para eles. Não é fácil tomar posse do privilégio histórico de domínio sobre as mulheres (com um toque moderno) se ele é economicamente dependente dos talentos dela. Ao mesmo tempo, ela recebe a mensagem fatal de que deve esconder seus talentos e habilidades a fim de ser amada por ele. Ambos sabem que estão mentindo para livrar a cara dele, que também passou a se ajustar à máscara. Seus olhos fitam através das aberturas, temerosos de que o mundo o descubra. É também a cabeça falsa que a lagarta apresenta aos predadores. Ele sabe que a máscara do patriarcado é anormal e perversa, mas é útil para evitar que se machuque. Em sua versão mais decorada, a máscara o ajuda a parecer racional enquanto ele intimida mulheres, crianças e outros homens. Acima de tudo, está ali para protegê-lo da ansiedade do fracasso aos olhos de outros homens. Se um homem é considerado bem-sucedido porque consegue reprimir as mulheres (em casa, no trabalho, na cama), seria um grande feito fracassar no que diz respeito a isso.

A dor do homem contemporâneo de meia-idade que, tendo fracassado em reprimir por completo as mulheres, percebe a si mesmo como destituído de poder é um assunto delicado. Suas mulheres mentem delicadamente por eles. Adrienne Rich escreveu todo um substancial capítulo sobre a arte de mentir em seu livro *Arts of the Possible* [Artes do possível]. Ela destaca que quando paramos de mentir criamos a possibilidade de mais verdade.

Então, na vez seguinte em que estive na companhia do homem que nunca olhava para a esposa, comecei a olhar para ele no ato de não olhar para ela – à mesa de jantar, por exemplo, ou no carro, ou onde quer que fosse que ele não olhava para ela. Perguntei-me se aquela falta de olhar acaso comunicava algo. Tentei descobrir, porque o olhar masculino deve, em tese, funcionar da maneira inversa – as mulheres é que são alvo dos olhares, não devemos ser as que olham.

Talvez ele quisesse comunicar seu desprezo por ela: se eu olhar para você, você há de pensar que existe para mim. Ou: se eu olhar para você, você verá que te amo e não quero parecer te amar. Ou: se nunca olhar para você, estarei comunicando meu desejo de que você também nunca olhe para mim. Se olhar para mim com demasiada atenção, verá que me sinto patético, envergonhado e desamparado.

Poderia ser todas essas coisas. Provavelmente, a mais complicada seria se ele a amasse mas não quisesse parecer amá-la. Isso seria difícil de transmitir, mas eu tinha explorado algo similar através do avatar de Isabel, esposa e correspondente de guerra em *Nadando de volta para casa*, que ousa não amar (ou olhar para) o marido que a trai continuamente. Não, pensando bem, achei que ele estava lhe dizendo claramente que ela não existia para ele. Era uma reviravolta esquisita no mito da Medusa, e em outros mitos também. Seus olhos, que ele arrancara feito Édipo, fitavam-na ainda assim. O tempo todo. Ele estava tentando expulsá-la. Era nada menos do que tentativa de assassinato.

Toda escrita trata de olhar e escutar e prestar atenção no mundo. Charlotte Brontë coloca esse tipo de olhar no centro de *Jane Eyre*. Assim como os esquilos na macieira junto ao meu depósito tinham consciência de que eu estava ali o tempo todo, a tia cruel de Jane, a sra. Reed, acredita que sua empobrecida jovem sobrinha a observa o tempo todo.

> [...] sua disposição incompreensível, seus súbitos ataques de nervos e sua vigilância contínua e antinatural dos movimentos das pessoas!

É como minha mãe se sentia com relação a mim.

9

Perambulação noturna

Minha mãe me ensinou a nadar e a remar. Ela nasceu na África do Sul, cresceu na "cidade dos ventos" de Porto Elizabeth e sentiu saudades do mar todos os dias das quatro décadas em que viveu na parte norte de Londres. Dizia sempre que o segundo romance de Doris Lessing, *Martha Quest,* descrevia com acuidade forense sua própria vida enquanto ela crescia na esterilidade e na ignorância da cultura colonial branca da África do Sul. Na velhice, minha mãe encontrara uma técnica para nadar em que "se entregava totalmente à água". Isso envolvia boiar de costas, "esvaziar os pensamentos" e "se entregar ao fluxo". Mostrou-me seu truque nos lagos turvos de Hampstead Heath, boiando ao estilo de Ofélia com os patos e plantas e folhas.

Ainda tento fazer seu truque, mas só consigo flutuar por dez segundos antes de começar a afundar. Do mesmo modo, quando dirijo a mente à morte da minha mãe, só consigo fazer isso por dez segundos antes de começar a afundar.

Guardei uma foto da minha mãe na altura dos seus vinte e muitos anos. Ela está sentada numa pedra, num piquenique com amigos. Seu cabelo está molhado porque acabara de nadar. Há uma introspeção em sua expressão que agora relaciono ao que havia de melhor nela. Posso ver que está próxima a si mesma nesse momento aleatório. Não tenho certeza de achar que a introspecção era o que havia de melhor nela quando eu era criança e adolescente. Para que precisamos de mães sonhadoras? Não queremos mães cujo olhar se perca para lá de nós, desejosas de estar em outra parte. Queremos que ela seja deste mundo, vivaz, capaz, inteiramente presente para as nossas necessidades.

Será que eu debochava do lado sonhador da minha mãe e depois a insultava por não ter sonhos?

Como diz a velha história, o pai é que é o herói e o sonhador. Ele se distancia das necessidades deploráveis das mulheres e crianças e marcha rumo ao mundo para fazer o que quer que tenha de fazer. Espera-se que ele seja ele mesmo. Quando volta ao lar que nossas mães criaram para nós, ou é bem recebido pelo bando ou se torna um estranho que acabará por precisar de nós mais do que nós dele. Conta-nos um pouco do que viu em seu mundo. Nós lhe damos uma versão editada do que vivemos todos os dias. Nossa mãe vive conosco nessa vida e a culpamos por tudo, porque ela está perto. Ao mesmo tempo, precisamos que ela sinta ansiedade por nós – afinal, nosso dia a dia é cheio de ansiedade. Se não revelamos a ela os nossos sentimentos, esperamos misteriosamente que ela ainda assim os compreenda. E se ela se desloca para além de nós, chegando perto de ser alguém que não está a nosso serviço, terá transgredido a tarefa mítica e primal de ser nossa protetora e nutriz. No entanto, se se aproxima demais ela nos sufoca, infectando nossa frágil coragem com sua ansiedade contagiosa. Quando nosso pai faz as coisas que precisa fazer no mundo, entendemos que é sua obrigação. Se nossa mãe faz as coisas que precisa fazer no mundo, sentimos que ela nos abandonou. É um milagre que ela sobreviva às nossas mensagens contraditórias, escritas com a tinta mais venenosa da sociedade. É suficiente para enlouquecê-la.

> Acho que sempre, ou quase sempre, em todas as infâncias e em todas as vidas que se seguem, a mãe representa a loucura. Nossas mães serão sempre as pessoas mais estranhas e loucas que já conhecemos.
> Marguerite Duras, *A vida material* (1987)

Quando eu era adolescente, a maioria das discussões com minha mãe era por causa de roupas. Ela ficava perplexa com aquilo que havia dentro de mim e que se expressava do lado de fora. Não conseguia mais me alcançar ou me reconhecer. E era precisamente esse o objetivo. Eu estava criando uma persona que fosse mais corajosa do que eu de fato me sentia. Arriscava-me a ouvir zombarias nos ônibus e nas ruas dos subúrbios onde morava. A mensagem secreta à espreita no zíper das minhas botas de plataforma prateadas era que eu não queria ser como as pessoas que estavam zombando de mim. Às vezes queremos despertencer tanto quanto queremos pertencer. Num mau dia, minha mãe me perguntava, "Quem você pensa que é?". Eu não tinha ideia de como responder a essa pergunta aos quinze anos de idade, mas estava em busca do tipo de liberdade que uma jovem mulher dos anos 1970 não possuía socialmente.

O que mais havia para fazer? Tornar-se a pessoa que outro alguém imaginou para nós não é liberdade – é empenhar nossa vida ao medo de outra pessoa.

Se não podemos pelo menos imaginar que somos livres, estamos levando uma vida que é errada para nós.

Minha mãe foi mais corajosa em sua vida do que eu jamais tinha sido. Escapara da família protestante de classe alta, branca e anglo-saxã que amava e se casara com um historiador judeu sem um centavo. Envolveu-se com ele na luta pelos direitos humanos na África do Sul da sua geração. Inteligente, glamourosa e sagaz, ela não chegou à universidade na altura dos seus vinte e poucos anos. Ninguém achava necessário lhe dizer que tinha uma abundância de talento. Esperava-se que as mulheres da sua classe social se casassem assim que saíssem de casa ou depois de seu primeiro emprego. Que deveria ser um emprego qualquer e não uma carreira séria. Minha mãe aprendeu a datilografar, aprendeu estenografia e a usar roupas que agradavam aos seus chefes. Desejava ter sido uma secretária menos talentosa, mas foi sua rapidez na datilografia que alimentou e vestiu seus filhos quando meu pai se tornou prisioneiro político. Ela me deu muito trabalho, além do esperado para uma filha obediente, mas agora vejo que eu não queria deixar que ela fosse ela mesma, para o bem ou para o mal.

Um ano depois que me mudei com minhas filhas para o apartamento na ladeira, minha mãe ficou fatalmente doente. Eu passava a noite inteira acordada à espera de um telefonema do hospital, cada hora marcada pelo canto dos vários pássaros no meu relógio de pássaros. O rouxinol cantava pouco antes da meia-noite, como se estivesse empoleirado nos galhos da árvore gotejante no estacionamento. Ela sempre dissera que quando morresse queria que seu corpo fosse levado para o pico de uma montanha e ali devorado pelos pássaros.

Nas últimas semanas do processo da sua morte, ela não conseguia comer ou beber água. Descobri, porém, que conseguia lamber e engolir uma marca específica de picolé. Vinha em três sabores – limão era o seu favorito, depois morango, e por último a temida laranja. O inverno não era a melhor época para essa marca específica de picolé estar disponível nas lojas, mas encontrei um estoque deles no freezer do quiosque local de jornais e revistas, de propriedade de três irmãos turcos. Eles com frequência vendiam cogumelos numa caixa colocada sobre a tampa de um freezer comprido e baixo, posicionado no meio da loja. Também havia sobre a tampa bilhetes de loteria, produtos de limpeza em promoção, latas de refrigerantes, graxa para sapato, pilhas e doces. Dentro desse freezer estavam os picolés que eram o único conforto da minha mãe enquanto morria. Naquela época, eu estava tão devastada por meu casamento naufragado e pelo diagnóstico do câncer da minha mãe, ocorridos em menos de um ano um do outro, que não conseguia explicar aos irmãos turcos por que comprava picolés todos os dias em fevereiro. Chegava com a cara abatida, os olhos sempre úmidos, a bicicleta parada do lado de fora. Sem dizer uma palavra, começava a retirar os cogumelos, os bilhetes de loteria, produtos de limpeza em promoção, latas de refrigerantes, graxa para sapato, pilhas e doces e colocava de um dos lados do freezer. Então, deslizava a porta para abri-la e procurava os picolés – um triunfo quando encontrava os de limão, bom se encontrasse os de morango, aceitável quando encontrava os de laranja. Sempre comprava dois, e então pedalava até o hospital ao pé da ladeira onde minha mãe estava morrendo.

Sentava-me perto da sua cama e segurava o picolé junto aos seus lábios, satisfeita ao ouvir seus "oohs" e "aahs" de prazer. Ela estava sempre com uma sede insaciável. Havia uma geladeira em seu quarto, mas não um freezer, então o segundo picolé derretia, mas meu ritual era sempre comprar dois. Olhando retrospectivamente para isso, não sei por que não comprei todos os picolés no quiosque e coloquei no meu próprio freezer, mas de algum modo isso não me ocorreu naquele momento difícil. Então, um dia, algo terrível aconteceu no esquema dos picolés. Como de hábito, pedalei até o quiosque, varri para o lado tudo o que estava sobre a tampa do freezer e, observada pelos perplexos irmãos turcos, deslizei a porta do freezer. E eis que havia um quarto sabor. Os irmãos estavam sem limão, morango e mesmo a temida laranja. Ergui os olhos do freezer, fitando diretamente os olhos castanhos e gentis do irmão mais novo.

"Por que vocês só têm sabor chiclete?", comecei a gritar – por que alguém se daria ao trabalho de fazer um picolé de chiclete e ainda por cima vendê-lo? Qual era o sentido, e será que eles poderiam se reabastecer com urgência dos outros sabores, particularmente limão?

O irmão não gritou de volta. Só ficou ali parado num silêncio perplexo enquanto eu comprava, irritada, dois picolés sabor chiclete. A sensação era de catástrofe enquanto eu pedalava até o hospital, e de fato era uma catástrofe, porque eles eram mais ou menos as únicas coisas que manteriam minha mãe viva por mais um dia.

Tentei mais algumas lojas no caminho do hospital, mas nenhuma delas tinha em estoque a marca que era fácil de engolir. Então me sentei junto ao leito da minha esquelética mãe, abri o picolé de chiclete e levei-o até os seus lábios. Ela lambeu, fez uma careta, tentou de novo e então sacudiu a cabeça. Quando lhe contei como esbravejara feito louca na loja, uns pequenos ruídos saíram de sua boca, seu peito subindo e descendo. Eu sabia que ela estava rindo, e essa é uma das minhas memórias preferidas de nosso último dia juntas. Naquela noite, quando lia um livro junto ao seu leito, olhei com remorso para o picolé de chiclete derretendo numa poça cor-de-rosa na pia. Eu não lia de verdade, só passava os olhos pela página, mas me reconfortava estar perto dela. Quando o médico veio até o quarto fazer sua última visita, minha mãe levantou a mão magra e, de algum modo, conseguiu fazer com que o fiapo de voz que tinha a essa altura soasse imperioso e autoritário: "Arranje uma luz. Minha filha está lendo no escuro".

Depois do seu funeral, em março, achei que devia voltar ao quiosque e explicar meu comportamento estranho aos irmãos turcos. Quando lhes falei das últimas semanas de vida da minha mãe, eles ficaram tão transtornados que foi sua vez de não falar. Sacudiam a cabeça e suspiravam e gemiam. Depois de um tempo, o irmão mais velho disse,

"Se a senhora tivesse falado". O que usava casacos na moda seguiu daí: "Se tivesse dito alguma coisa, teríamos ido até o mercado de venda por atacado e comprado um monte para a senhora", enquanto o terceiro irmão, cuja voz era mais aguda do que a dos mais velhos, bateu com a mão na testa, "Eu sabia que era algo assim... eu não disse que ela estava comprando os picolés para alguém doente?". Todos olharam zangados para o freezer como se ele fosse pessoalmente responsável pelo horror de o picolé de chiclete ser o tipo errado de picolé nos últimos dias de vida da minha mãe. Dessa vez eu ri, o que lhes deu permissão para rir também. Era uma grande libertação do terror da morte finalmente reconhecer que ela também é absurda. Estávamos de pé sobre as caixas de papelão desmontadas e dispostas no chão para proteger o linóleo dos pés enlameados dos fregueses. Aquilo estava encharcado e sujo e deslizava sob os nossos pés enquanto ríamos. Eu me senti muito melhor depois de explicar as coisas aos irmãos turcos e de certo modo gostaria de ter explicado as coisas melhor ao pai das minhas filhas.

Quando voltei ao quiosque, num domingo, para comprar alguns dos cogumelos que passara semanas varrendo raivosa para o outro canto da porta do freezer, o irmão mais novo acabava de voltar de suas férias na Turquia. Entregou-me um objeto embrulhado em jornal e disse que era um presente. Era uma pequenina xícara de porcelana que deslizava para dentro de um suporte de prata trabalhado, com uma tampa ornada de prata que se ajustava sobre a xícara. Disse que se lembrava de que, ao comprar um pacote de café turco na loja, eu lhe dissera que bebia no copo.

"Mas copo é para chá," ele disse, "então esse é o tipo certo de xícara para o café turco."

Entendi que era um presente de condolências.

Até hoje aquela xícara marca a partida da minha mãe do mundo. Nunca disse a ele que às vezes, quando escrevo, faço café turco numa pequena chaleira de cobre, sirvo exatamente nessa xícara e então cubro com a tampa de prata. Tornou-se parte do meu ritual de escrita. Beber café forte e aromático da meia-noite até as altas horas da madrugada sempre traz algo interessante para a página. Eu me tornei uma andarilha noturna sem sair da cadeira onde escrevo. A noite é mais suave do que o dia, mais quieta, mais triste, mais calma, o som do vento batucando nas janelas, o assoviar dos canos, a entropia que faz as tábuas do piso estalarem, o fantasmagórico ônibus noturno que vem e vai – e sempre, nas cidades, um som muito distante que lembra o mar mas é somente a vida, *mais vida*. Dei-me conta de que era o que eu queria após a morte da minha mãe. Mais vida.

De algum modo, achei que ela morreria e continuaria viva. Gostaria de pensar que ela está em algum lugar naquele som distante que lembra o mar onde ela me ensinou a nadar, mas ela não está ali. Ela se foi, deslizou para longe, desapareceu.

Alguns meses depois da sua morte, eu lia passagens de *Coisas que não quero saber* num festival em Berlim. A tradutora estava sentada ao meu lado. Combinamos que eu leria três linhas em inglês e ela traduziria aquelas três linhas para o público alemão. Comecei a ler e então cheguei a uma passagem em que tenho sete anos e estou deitada nos braços da minha mãe. Era um choque que eu não havia previsto, um encontro fantasmagórico.

Quando minha cabeça encostava na dela, era dor e também amor.

Minha voz falhou e parei no meio da frase. A tradutora aguardava que eu terminasse as três frases, como havíamos combinado. Ficou ali em suspenso, uma frase interrompida pairando entre nós. Se as palavras fossem um trem, tinham diminuído a velocidade e parado. Quando por fim chegaram à estação, cobertas com o pó do passado africano, o tom da tradutora era simples e prosaico – o que talvez tenha sido uma coisa boa. Essa luta para fazer as palavras saírem da minha boca me levou de volta a um ano em minha infância no qual não falei nada. Todas as vezes que me pediam para falar com clareza, para falar mais alto, as palavras fugiam, trêmulas e envergonhadas. É sempre uma luta encontrar palavras que me digam que estão vivas, que são vitais, de grande importância. Dizem-nos desde muito cedo que é bom sabermos nos expressar, mas muito é investido tanto em interromper as palavras quanto em encontrá-las. A verdade nem sempre é o convidado mais divertido à mesa do jantar, e somos sempre, como sugere Duras, mais irreais que o outro.

Após minha leitura em Berlim, estava sentada com minha editora alemã do lado de fora da tenda dos autores. Ela tinha uma pergunta para me fazer.

"Quando você lê em voz alta, é uma atriz?"

Referia-se ao modo altamente emocional com o qual aquelas linhas haviam por fim sido lidas para o público. Era minha oportunidade de explicar que minha mãe tinha morrido recentemente e como era um choque reencontrá-la nas páginas do meu livro. Mas não disse isso. Não disse nada. Então, os irmãos turcos foram mais bem-sucedidos do que a minha editora.

"Você está muito pálida", ela disse. Eu também não sabia como responder a isso.

Depois de um tempo, apontei para um quiosque na área do festival vendendo *currywurst* e contei a ela que queria escrever sobre um personagem, um personagem masculino principal, que ficaria parado junto a um quiosque de *currywurst* na neve de Berlim, esperando por alguém que ele havia traído.

"*Currywurst* não é um prato romântico", ela me interrompeu.

"Sim," respondi, "mas o amor é como a guerra: sempre encontra um caminho."

O amor encontrou um caminho em meio à guerra intermitente entre mim e minha mãe. A poeta Audre Lorde foi quem melhor disse isso: "Sou um reflexo da poesia secreta da minha mãe, bem como das suas raivas ocultas". Ela me mandou, em 1992, um cartão-postal de Joanesburgo, para onde viajara a fim de ver os amigos que tinham ajudado a sustentar sua família nos anos de turbulência política, na transição do *apartheid* à democracia.

Começo glorioso das férias indo às celebrações do aniversário de Walter Sisulu. Vi gente que não via pelo que parecem ser 100 anos. Sentei-me ao lado de Nadine Gordimer. Ela é minúscula e magrinha, feito um passarinho, e brilhante.

Minha mãe tinha feito com caneta um X na frente do cartão-postal e escrito *X é onde eu estou.* Parecia ter estado num bairro em algum lugar para lá de um grande viaduto, perto de uma antena telefônica e de um arranha-céu. É esse X que mais me toca agora, sua mão segurando a caneta, pressionando sobre o cartão-postal, marcando onde estava para que eu pudesse encontrá-la.

10

X é onde eu estou

Perdi todo senso de orientação geográfica durante algumas semanas após a morte da minha mãe. Fiquei desorientada, como se alguma espécie de sistema interno de navegação estivesse à deriva. A essa altura do luto, eu não queria sair com a bicicleta elétrica e tinha feito o download do aplicativo de uma companhia de táxi no meu smartphone. O motorista foi então direcionado ao meu local de embarque, a ideia sendo a de que ele me levaria ao meu destino com a ajuda do GPS. Foi quando eu experimentei o terror primal de me sentir perdida em minha própria e adorada Londres, mas ainda assim nas mãos de um motorista que não tinha a menor ideia de para onde estava indo. Eu podia dizer que o GPS não era uma mãe confiável.

Onde estamos agora? Onde estávamos antes?

Essas não eram perguntas que o motorista pudesse responder. Não havia um X no olho da sua mente. Se o GPS o direcionasse para o sul quando eu estava indo para o norte, isso é o que íamos fazer. O GPS era sua única bússola. Estávamos dirigindo no começo do Gênesis, quando a Terra era disforme e vazia – para além dos sinais na tela. Parecia-me que o GPS tinha desativado o modo como os motoristas habitavam uma cidade. Deixava-os sem raízes, a-históricos, incapazes de confiar em sua memória ou nos seus sentidos, de medir a distância entre um lugar e o outro. O rio Tâmisa, ao qual os londrinos se referiam como *o rio*, não tinha o menor significado geográfico para o motorista. Sua água salobra, praticamente salgada, fluindo por 346 quilômetros, era somente mais um dos muitos rios abstratos fluindo através das cidades abstratas do mundo. *O rio*, outrora Porto de Londres onde aprendizes comiam salmão pescado de suas profundezas, era agora somente uma gramática de sinais digitais. Enquanto eu escutava a voz robótica calma mas firme dar instruções, dei-me conta de que podíamos estar em qualquer lugar, contanto que a Voz estivesse conosco. Não havia *pontos de referência*. O motorista não olhou para o Albert Hall quando passamos por ele na extremidade norte de South Kensington, estava alheio à sua presença física e, em vez disso, estava existencialmente *sozinho mas junto* com o seu GPS. O Albert Hall, em inglês arcaico, era um *landmearc* (*landmark,* um ponto de referência), mas ele trabalhava com *mearcs* digitais – com o bônus de atualizações do tráfego em tempo real.

Talvez aquele momento de vertigem fosse tão extremo porque meus laços com minhas próprias origens tinham sido cortados. Minha mãe era o meu elo com a África e com a Inglaterra. Seu corpo foi o meu primeiro *landmearc*. Foi ela quem criou seus filhos, e a maior parte das memórias de infância eram geminadas com sua presença na Terra. Ela era o meu GPS primal, mas agora não havia nada na tela.

Se estávamos dirigindo através de uma cidade antiga guiados por uma Voz digital, eu também estava imersa nos aparelhos eletrônicos manuais que trazia comigo. Eles tinham se tornado, nas palavras da escritora Sherry Turkle, meu *segundo eu*, enquanto buscava senhas que tinha esquecido ou alguma coisa no Google – tantas perguntas a fazer, afinal de contas.

Como registrar uma morte?

Naquele momento, eu me tornei um ímã para outras pessoas que estavam perdidas de variadas formas. Peguei um táxi em Londres cujo motorista conhecia perfeitamente seu caminho pela cidade, mas sua mente estava perdida, despedaçada. Ele dizia coisas loucas. Contou-me que estava procurando por caixas eletrônicos em Londres, buracos nas paredes, para poder se comunicar com alienígenas que estavam aguardando sua mensagem. Decidi saltar fora do táxi antes de chegarmos ao nosso destino. Em suma, eu preferia os motoristas mais sãos que estavam humildemente perdidos.

O homem que tinha chorado no funeral me disse que também perdera seu senso de direção depois que seu amante de longa data morreu. Ele tinha uma semana de folga no trabalho e se ofereceu para ser meu chofer. Aconselhou-me a tirar proveito do seu tempo e me sugeriu que eu também tirasse uma semana de folga. Eu disse que não podia me dar esse luxo, mas no fim cedi. Ele mais ou menos sabia para onde estava indo. Às vezes seu novo amante, Geoff, se juntava a nós no trajeto. Uma outra vez, havia uma estranha sentada no carro. Era a mulher de cabelo preto e comprido, Clara, que estava sentada no sofá de veludo vermelho na festa. Era colega dele, uma acadêmica da América do Sul que estava de licença no Reino Unido com uma bolsa de pesquisa. Eu não sabia ao certo por que Clara estava no carro conosco, mas ela parecia gostar do passeio. Quando ficamos presos no tráfego, ela pegou a caneta e começou a escrever alguma coisa num pedaço de papel. Parecia levemente atormentada, como se estivesse tentando desenredar um pensamento difícil, então olhei por cima do seu ombro a fim de ver o que escrevia.

tomates abacates ~~limas~~ limões

Certo dia, quando descíamos os três quilômetros da Holloway Road, eu lhe disse, "Esta é a Holloway Road. É um pouco feito o mar Adriático". Clara ficou olhando pela janela para as três pistas de tráfego. Um carro da polícia, sirene ligada, ia à toda pela faixa dos ônibus. Latas de cerveja, guarda-chuvas quebrados e uma embalagem de batata frita descartada formavam um monte na calçada. Clara perguntou qual a palavra inglesa que descrevia a superfície da rua. Geoff, que usava os óculos numa corrente em torno do pescoço, ergueu-os à altura dos olhos e fitou através das lentes como se estivesse na ópera. Perguntou-lhe se ela queria dizer *asfalto.*

"Sim," ela respondeu, "por baixo do asfalto, a praia."

Era como ter um feriado no carro com três companheiros interessantes.

O homem que tinha chorado no funeral me disse que Clara era uma professora ilustre e que seus alunos não chegavam *na hora* para suas aulas, chegavam *mais cedo.* Ela estava pesquisando levantes populares contra elites militares e burocráticas. Por acaso, Clara gostava de nadar todos os dias. Concordamos que podíamos nadar juntas, mas só se uma não falasse com a outra na água. Desembarcamos em várias piscinas em Londres e descobrimos que tínhamos muito o que conversar entre as rodadas de *crawl*. Ela trançava o cabelo quando nadava. Quando perdeu seu anel de turquesa na água, pediu ao salva-vidas que esvaziasse a piscina. Ele achou que ela estava brincando, mas ela falava sério. No fim, encontramos seu anel ao lado da piscina, onde ela o havia deixado metido dentro de seu livro. Nosso chofer estava sempre ali para nos buscar depois, toalhas molhadas enroladas debaixo dos nossos braços. Íamos almoçar em *pubs* e caminhávamos nos parques de Londres. Era primavera e os dentes-de-leão despontavam em meio à grama. Em certo sentido, ter um chofer era como ter um pai ou mãe, mas sem a história.

Clara se ofereceu para cozinhar uma refeição no meu apartamento. Aceitei, com a condição de que meu chofer temporário e seu amante agora permanente se juntassem a nós na mesa. Ela saiu para comprar um peixe chamado tilápia, mas voltou com ciobas. Eu tinha sido instruída a comprar limões (não limas), abacates, tomates. Ela confessou que os corredores comuns do prédio a deixavam morta de medo.

"Sim," eu disse, "eu os chamo de Corredores do Amor."

Ela começou a fritar o peixe e a cozinha se encheu de fumaça. Ela era serena e era boa companhia. Também tinha trazido uma garrafa de *aguardiente*, bebida forte com sabor de anis. Achava que sua aguardente era boa para o luto. "É muito entorpecente."

Falou-me de sua cidade, sua política e sua família. Fez perguntas: onde, quando, como? Eu disse a ela que os meus nove primeiros anos tinham sido passados no sul da África; o resto eu tinha vivido na Inglaterra. Enquanto ela espremia os limões nas ciobas, perguntou se eu sentia nostalgia da minha infância na África. Eu disse que considerava a nostalgia uma perda de tempo. Nunca tinha querido cobrir o passado com capas de plástico a fim de preservá-lo da mudança. Ela me disse que as sementes do futuro são sempre plantadas no passado. Aparentemente, os limões que eu tinha comprado eram o tipo errado de limões. Ela não parava de me fazer perguntas. Durante meu longo casamento, era um alívio nunca ouvir perguntas. Naquela época, isso me convinha muito. Havia tantas coisas sobre as quais eu não queria falar.

Clara cozinhava e perguntava onde estavam os utensílios – "Onde estão suas colheres, onde está a tábua para cortar o pão, por que há uma borboleta na sua cozinha?". Eu lhe disse que era uma mariposa. Falamos sobre domingos, *dim sum*, geleia de goiaba, dinheiro, irmãos, mosquitos, as coisas boas e ruins da nossa meia-idade – e chegamos à conclusão de que em sua maioria eram boas. Falamos da sua pesquisa e do meu depósito e de como Celia estava atualmente lendo um livro de poemas do escritor galês Alun Lewis, intitulado *Ha! Ha! Among the Trumpets* [Ha! Ha! Em meio às trombetas]. Quando Celia tinha quinze anos, havia encontrado esse livro na biblioteca da escola. Agora o estava lendo para mim em voz alta em sua cozinha, aos 84 anos de idade. Clara achava que minha vida era *la dolce vita*.

"Sim e Não", respondi. "Por que Sim e Não?" Eu mal podia vê-la através da fumaça. O peixe vermelho agora se tornara preto. Expliquei-lhe um pouco do que existia entre o Sim e o Não. Enquanto picava uma cebola com uma faca de manteiga, ela disse, "Você deveria abrir a porta da frente para os nossos amigos. Sabia que tem alguma coisa errada com a sua campainha?". Quando voltei para a cozinha, ela estava fritando cebolas e *chilli* numa panela separada do peixe.

Abri caminho em meio à fumaça para lhe passar o sal.

Clara disse, "Posso tirar uma foto sua com o meu telefone?".

"Tudo bem, mas não vai conseguir ver nada por causa da fumaça. Aliás, tenho uma faca mais afiada na gaveta."

Flash.

Ela deslizou o telefone para dentro do bolso de trás do jeans e perguntou se eu às vezes colocava sal no banho. "Deixa a água mais suave." Ela havia notado que a água londrina que saía da torneira da minha pia era água dura. "Aliás," disse, "os professores da minha universidade aqui em Londres tendem a assistir ao críquete. Você gosta do jogo?"

Eu disse que prefiro esgrima. Ela pescou uma mecha do longo cabelo comprido que tinha se soltado e jogou por cima do ombro, para longe do fogo alto no fogão. Contou-me que ela e os irmãos costumavam lutar uns com os outros com varetas, o que era semelhante à esgrima. Eu tinha que entender que ela era a única filha do seu pai, porque tinha sete irmãos. Era difícil encontrar um lugar quieto para estudar. Havia momentos em que ela fazia o dever de casa dentro do armário debaixo da escada. Sua mãe cozinhava para a família de dez pessoas e depois se sentava na cozinha para comer, sozinha, uma pequena tigela de arroz. Ela de repente pulou para longe da frigideira e me perguntou se havia um passarinho na minha casa. Expliquei que ela acabava de ouvir o pica-pau cantando dentro do meu relógio de pássaros.

"Você devia se livrar desses pássaros idiotas", disse.

"Engraçado você dizer isso", respondi, "porque foi o que eu disse para uma das minhas alunas de escrita criativa."

"Aliás, por que você gosta do relógio de pássaros?"

Pensei no assunto por um tempo.

"Os pássaros me fazem companhia e interrompem pensamentos tristes."

"Sim, entendo." Ela parecia bastante professoral nesse momento, mesmo com uma colher de pau na mão.

"Sabe", ela disse, "minha mãe gostava de comer sozinha na cozinha porque era o único lugar onde podia ouvir a si mesma pensando. Não tinha outro lugar aonde ir. Mas você tem um depósito onde pode ouvir a si mesma pensando. Tem um relógio de pássaros no seu depósito?"

Eu disse que não tinha.

"O propósito da vida da minha mãe era dar à luz. Ela vivia para seu homem e para seus filhos. Não achava que tinha a pior vida que poderia ter. Não era uma pessoa privada. Era uma pessoa pública. Todo mundo na vizinhança consultava minha mãe."

Ela me disse que minhas filhas gostariam do queijo branco do local de onde ela vinha. Era suave e fresco.

"Então", perguntou, "você consegue se ver vivendo com alguém de novo?"

"À distância", respondi. "A uma longa distância."

"Não," ela disse, "coisa demais acontece entre partir e chegar para se viver a longa distância. As células do corpo mudam entre o espaço de partir e chegar."

Pedi que me contasse sobre seu anel de turquesa.

Ela preferiu não fazer isso.

"O que é aquilo?" Ela apontou para as redes de pescar de quando minhas filhas eram pequenas, que estavam metidas no armário das vassouras.

Eu ainda não era capaz de falar sobre aquelas redes, então não respondi. Elas eram portais para o passado, feito flores, feito tudo, talvez feito um anel de turquesa.

Ela puxou uma das redes e a inspecionou.

"A vara é comprida demais. Tem que ser mais curta para que você possa movê-la com mais agilidade para pegar os peixes."

Nesse momento, o homem que tinha chorado no funeral penetrou na fumaça com seu amante.

"Estamos encurtando o passado," Clara disse, apontando para a rede de pescar, "mas na verdade é um desejo reacionário de silenciar o conhecimento."

11

Pegadas na casa

Onde estamos agora? Onde estávamos antes?

Eu estava na estação internacional de St. Pancras, na Euston Road, aguardando para pegar o Eurostar até Paris, para a publicação francesa de *Nadando de volta para casa.* Aparentemente, tinha que chegar à Gare du Nord em tempo para uma entrevista *durante o café da manhã.* Eram quatro da manhã e eu olhava para o painel de embarque, um copo de papel com café na mão. Mais adiante na estação, havia uma estátua de bronze de um homem e uma mulher enlaçados num abraço amoroso. Eles chegavam ou partiam?

Eu estava cercada por todos os sons e sinais de viagem – pessoas arrastando suas malas com rodinhas, a busca de último minuto por vários documentos, gente comprando garrafas de água e jornais. Enquanto ouvia os anúncios de cancelamentos e chegadas, o que me veio à mente, do nada, penetrando na aurora alaranjada de Londres, foi o trem em que minha família tinha embarcado logo depois que chegamos no Porto de Southampton, vindos da África do Sul, em 1968. Aquele trem ia nos levar até a estação de Waterloo. Eu estava sentada ao lado do meu irmão, e nos assentos do corredor opostos aos nossos estavam nossa mãe e nosso pai. Todos olhávamos pela janela para a INGLATERRA.

Eu sempre dissera a mim mesma que aquela tinha sido uma viagem de trem feliz. Sim, a história que contara a mim mesma era que estávamos todos rindo e batendo papo e comendo batatas fritas. Dei-me conta, naquela manhã na estação internacional de St. Pancras, de que o trajeto de trem até Waterloo havia sido uma viagem aterrorizante. Eu tinha nove anos de idade. Onde estavam as nossas coisas? Onde estavam as minhas roupas? Meus brinquedos? Onde estavam os nossos pertences? Os móveis da casa da nossa família? Aliás, onde iríamos morar na Inglaterra? Eu iria à escola em algum lugar? Não tínhamos ficado batendo papo e rindo, definitivamente não. Eu lera ansiosamente o nome de cada estação a caminho de Waterloo. As mãos da minha mãe tremiam enquanto ela mostrava ao condutor nossas passagens. Meu pai olhava pela janela. Minha mãe olhava para seus filhos.

Era aí que eu estava antes.

Quando por fim encontrei meu vagão e embarquei no Eurostar, o som recentemente recuperado da minha silenciosa e abalada família naquele trem que saíra do Porto de Southampton ainda se demorava de forma nauseante nos meus ouvidos. Levara um longo tempo para *ouvi-lo*. Mais longo ainda para *senti-lo*. Os passageiros do Eurostar, como eu, estavam todos semiadormecidos. Os homens tinham se barbeado, algumas das mulheres estavam completamente maquiadas. Encontramos nossos assentos, tiramos nossos casacos, abrimos nossos laptops e tablets e smartphones sobre as mesas. O trem saiu de St. Pancras e começou sua viagem rumo à França, que levaria apenas pouco mais de duas horas.

Uma jovem sentou-se ao meu lado, uns dezessete anos, o cabelo pintado de azul. Estava plugada, com fones de ouvido ligados ao laptop, aprendendo francês com um programa básico de línguas. Pedia-lhe que repetisse em voz alta as palavras ditas por uma voz de robô falando francês. Ela obviamente não podia dizer as palavras em voz alta no nosso vagão, mas seus lábios, com um pequeno piercing de prata, moviam-se enquanto ela sussurrava verbos e substantivos. Olhei de relance para sua tela em nossa mesa compartilhada e vi uma nota que lhe dizia que o francês tinha dois gêneros gramaticais, masculino e feminino; uma mulher era feminino, mas uma cadeira também era, enquanto cabelo era masculino.

Ela havia trançado seu cabelo azul para a viagem, duas tranças, as pontas presas com fitas nas quais havia pequenos botões de rosa de algodão costurados. Era um cabelo muito expressivo. Ela me dissera que era de Devon e, quando lhe perguntei onde em Devon, ela disse, "O campo".

Quando o Eurostar chegou à estação internacional de Ashford, a última parada antes de atravessar o túnel debaixo do mar, um homem de seus setenta e poucos anos sentou-se no assento diante de nós. Perguntou à adolescente se ela se importava de mudar o computador de lugar para que ele tivesse mais espaço na mesa. Ela o transferiu para o colo. Era um pequeno reajuste do espaço, mas o resultado significava que ela se removera completamente da mesa para abrir espaço para o jornal, o sanduíche e a maçã dele.

Depois de um tempo, ele me disse que viajava a Paris a fim de buscar o par de sapatos que sua esposa tinha deixado em seu quarto de hotel. Aparentemente, eles tinham passado um fim de semana em Paris recentemente, no seu aniversário de casamento. Sua esposa tinha dito que não se incomodasse em fazer a viagem para buscar os sapatos, mas ele disse que não tinha escolha porque não confiava nos correios para entregá-los com segurança na sua casa em North Downs, Kent. Quando levou a maçã aos lábios e mordeu, inclinei-me para a jovem e disse, "Aquela maçã é feminina... em francês".

"*La pomme*", ela disse, franzindo a testa, mas o que na verdade disse foi "*La pomme?*", como se não tivesse certeza de que estava correto, e por isso franzia a testa.

Enquanto isso, o homem me dizia que certamente não gostara da viagem de regresso de Paris. "A senhora sabe," ele sussurrou, "migrantes e refugiados invadem o túnel e sobem no teto destes trens." Ele apontou para sua orelha direita. "A gente tem que ficar atento para o caso de ouvir passos."

"O senhor faz isso?", perguntei. "Fica atento aos ruídos de passos no teto do trem?"

"Ah, sim," ele disse, "posso *ouvi-los.*"

Perguntei-lhe se os sapatos que sua esposa tinha deixado em Paris eram especiais. Afinal, ele estava viajando até Paris a fim de buscá-los.

A essa altura, a mulher de cabelo azul tinha tirado os fones de ouvidos, em parte porque era desconfortável demais concentrar-se em seu programa de idiomas com o computador no colo.

Ele contou a nós duas que os sapatos da esposa eram ortopédicos. Sua esposa tinha uma perna mais curta do que a outra, então usava o pé esquerdo do sapato mais alto.

Esse pé tinha um salto por dentro e conseguira ajudá-la a corrigir seu equilíbrio e alinhar sua coluna.

Eu queria perguntar a ele que tipo de sapato sua esposa (sem nome) estava usando na viagem de regresso de Paris a Kent. Se ela deixara aqueles sapatos vitais no quarto de hotel, tinha um par sobressalente de sapatos ortopédicos? Parecia intrusivo pedir-lhe para elaborar o assunto dos pés da esposa, mas ele explicou de forma voluntária que "sem aqueles sapatos ele não conseguia ouvir os passos dela na casa". De modo geral, ele sabia se ela estava indo para o banheiro ou se descia a escada, porque o pé esquerdo do sapato batucava no chão. Agora que ela usava sapatos mais leves, era difícil seguir seus movimentos, o que, disse, "era um pouco enervante".

Perguntei se ele ficava receoso de que ela caísse.

Não, seu equilíbrio era estável. Na verdade, os sapatos mais leves eram os que ela preferia, mas ele se sentia compelido com urgência a buscar os outros em Paris para poder ouvir seus passos pela casa.

Parecia obcecado por passos. Perguntei-me se a esposa escolhera deixar os sapatos em Paris para evitar que seu marido soubesse o tempo todo onde ela estava. Certamente, se houvesse migrantes agarrados no teto do trem, eles também estavam como que escapando. Parecia que ele designara a si mesmo a tarefa de garantir que ninguém escapasse enquanto ele estivesse de vigia.

Agora que ele terminara a maçã, sugeri à jovem que colocasse o laptop de volta na mesa. Ela fez isso, mas num ângulo esquisito, a fim de dar espaço para o jornal do homem, que ele colocara no meio da mesa. Quando pedi a ele que afastasse o jornal a fim de abrir espaço para o laptop dela, ele me pediu que repetisse duas vezes, como se não compreendesse a maneira como eu estava usando a língua inglesa. No fim, eu disse, "Ela está estudando", e como ele também não entendeu isso, eu disse, "Ela está trabalhando".

Um aviso foi feito em inglês e depois em francês para nos dizer que estávamos prestes a entrar no túnel. Houve mais informações em duas línguas. Viajaríamos sob o mar por 38 quilômetros e isso levaria catorze minutos.

Entramos. Estamos viajando pelo que foi no passado um oceano de caos e escuridão. Marés baixas. Marés altas. Plâncton. Coral. Estamos 45 metros abaixo do fundo do mar.

O Eurostar era na verdade um submarino. Fechei os olhos e me deixei levar por um sono leve assombrado por passos. Primeiro o *tap tap* dos sapatos ortopédicos elevados que algemavam a esposa sem nome. Esses passos se tornaram mais suaves sob o som denso e sibilante do túnel debaixo do mar, mais suaves, mais suaves, quase indistintos, mas ainda assim eu ouvia passos. Será que havia migrantes andando no teto do trem? Não. Era o som de pés nus sobre o *asfalto*. A quem pertenciam os passos? Será que passos *pertencem* a alguém? Sim, pertenciam a *ela*.

Ela tem nove anos de idade e está atravessando o asfalto da Holloway Road.

Sua mãe, que hoje já está morta, cortou sua franja torta com tesoura de unha. Ela sou eu e está andando no trem em direção à casa da minha família, em direção à minha antiga vida. Minha vida de casada. O endereço está escrito em seu braço, ainda bronzeado, embora ela já more na Inglaterra há dois meses. Usa um vestido de verão e está descalça. Parou obedientemente no robô vermelho, que aprendeu a chamar de *traffic light* na Inglaterra, assim como molho de tomate se chama *ketchup* e uma batata frita é um *crisp*. Ela pede informações em seu sotaque estranho. As pessoas são gentis. Ela sorri o tempo todo, é encantadora e bonita. Seus olhos são verdes, suas sobrancelhas são pretas. Há pessoas gentis o suficiente para lhe indicar o caminho correto. Algumas estão surpresas por ela não usar sapatos, mas sempre que possível ela anda sem sapatos. Encontra a rua que sai da Holloway Road perto do Whittington Park. Está procurando a casa vitoriana onde o seu eu de meia-idade, agora na altura dos quarenta e poucos anos, fez um lar para sua família.

Quando bate à porta da casa vitoriana, uma mulher grita, *Quem é você?* Seu sotaque é inglês, sua voz é profunda.

Sou você, a garota grita de volta com um forte sotaque sul-africano.

A chuva continua caindo na criança presa do lado de fora da porta do seu eu mais velho, inglês mais ou menos assimilado, que se esconde covardemente do outro lado da porta. O que vai acontecer se ela convidar essa menina de nove anos para entrar na casa com seu encanamento vitoriano e suas filhas inglesas, uma com doze anos, a outra com seis, ambas assistindo a *The Great British Bake Off* na tevê da sala?

A menina estrangeira é obstinada e não vai embora. Ela tem cheiro de outro lugar. De plantas que cresceram no solo africano, das quentes calçadas de cimento depois de uma tempestade, de quando se tira a casca grossa das lichias. Tem a luz do sol na ponta do cabelo, só nadou em oceanos nos quais foram colocadas redes para deter os tubarões, chorou com a visão da caixa de correio onde postou cartas para o pai. Durante os quatro anos em que ele foi prisioneiro político na luta pela democracia no sul da África, ela ficou praticamente muda por um ano de sua vida, mas agora, ousada, está esmurrando a porta. Quando esta por fim se abre, ela entra. Seus pés molhados e úmidos deixam uma trilha no corredor. Ela vira à esquerda para ir à sala e pula no sofá com as crianças inglesas. São as filhas que dará à luz na altura dos seus trinta e poucos anos.

Mary Berry prova um pão de ló. Paul Hollywood está desmanchando uma fatia com suas mãos grandes a fim de testar se está úmido e leve feito pluma. Parece que a menina sul-africana está feliz em se concentrar nos prazeres da culinária. Seu eu de meia-idade observa essa criança com cautela. Não quer que ela crie transtornos para suas filhas dizendo a elas que encontrem problemas reais quando se queixam de não ter a marca certa de tênis para a escola. Ela nunca quis que suas filhas tivessem que ser corajosas. Corajosas feito as crianças em barcos furados fugindo de guerras. Quantas medalhas uma criança precisa ter presas em seus pijamas? Nada lhe ensinou que ter que invocar uma abundância de coragem, muito mais do que qualquer pessoa deveria ter que suportar, é saudável para uma criança. Ela testemunhou em seu país natal a coragem das crianças africanas que perderam os pais na luta pelos direitos humanos como outras crianças perderam os dentes de leite.

Ela observa seu eu de nove anos de idade concordar com as crianças inglesas que o bolo da esquerda é melhor porque a geleia está distribuída uniformemente e não é doce demais, e dá vivas quando o júri concorda com ela. Está feliz que a menina estrangeira pareça se sentir em casa na sua casa. Fazer um lar para a família requer tempo, dedicação e, acima de tudo, empatia. Ser hospitaleiro com estranhos é o sentido de se ter um lar, embora essa criança não seja exatamente uma estranha.

Então, todas viram a cabeça. Um homem entrou na sala com uma cerveja na mão direita. A criança que não é exatamente uma estranha não sabe que esse é o inglês com quem vai se casar 25 anos mais tarde. Ele também não pode vê-la. Vai conhecê-la em Cambridge, onde ela estará morando em cômodos opostos aos cômodos de Wittgenstein.

A tragédia acontece quando a árvore, em vez de se vergar, quebra.

Eles vão viver juntos por mais de duas décadas nessa casa. Então seu casamento, em vez de vergar, vai se quebrar. Eles vão guardar todos os apetrechos de culinária e tirar o relógio da parede da cozinha.

Na Gare du Nord, meu editor me encontrou no desembarque e me levou para a entrevista no café da manhã.

A primeira pergunta que me fizeram foi o significado destas linhas, que escrevi naquela casa na Holloway Road:

> A vida só vale a pena ser vivida porque esperamos que ela vá melhorar e que vamos todos chegar em casa com segurança.

12
O começo de tudo

Meu melhor amigo estava agora casado pela terceira vez. Ele havia insistido em comprar, para usar no casamento, o paletó amarelo ao qual eu agora me referia como seu Papel de Parede Amarelo. No livro de mesmo título, escrito por Charlotte Perkins Gilman, uma esposa tenta fugir de seu marido e de sua vida através do papel de parede amarelo da casa da família.

Certa noite, meu melhor amigo chegou ao meu apartamento, sem ter sido convidado, às onze horas da noite, usando esse paletó que, peculiarmente, ainda tinha o alfinete com que ele prendera o ramalhete de centáureas-azuis na lapela. Ele não parecia querer ir para casa. Por volta da meia-noite, estávamos de pé na sacada do meu malconservado prédio na ladeira quando vimos alguma coisa voando em nossa direção. No início não conseguimos descobrir o que era, então vimos que não era uma coisa, e sim três. Eram aves. Quando pousaram no parapeito da sacada, ele começou a tossir, uma tosse bastante seca, mas isso não pareceu assustá-las. As aves tinham virado a cabeça para o lado, como se estivessem olhando na outra direção, mas sabíamos que nos fitavam. Quando nos inclinamos mais para perto a fim de ver as penas da crista, achamos que talvez fossem papagaios. Não gostavam de ser observadas tão abertamente, na verdade isso parecia perturbá-las mais do que o som da tosse seca dele. A ave mais magrinha começou a puxar as próprias penas, o que nos deixou desconfortáveis, então decidimos voltar para dentro e procurá-las na internet.

Enquanto eu pegava meu laptop, confessamos que, quando vimos as aves vindo em nossa direção, inicialmente todo tipo de ideia nos ocorrera. Pensamos que poderiam ser drones ou mesmo mísseis. Abri o laptop e comecei a buscar os papagaios no Google. Ele se sentou ao meu lado, cotovelos na mesa, servindo mais vinho, nossos olhos na tela.

"Sabe," eu disse, "este ano está cheio de pássaros. Não sei o que está acontecendo. Tudo começou com meu relógio de pássaros."

Aparentemente, havia colônias de papagaios selvagens vivendo em Londres. Chegamos à conclusão de que as aves se pareciam mais com cacatuas. Gostavam de comer pequenos lagartos, sementes, frutas, raízes e vegetais.

Voltamos à sacada para dar mais uma olhada nelas. A ave no fim da fila, a magrinha que estava antes puxando as próprias penas, tinha agora trocado de lugar com a mais rechonchuda, no meio. As penas amarelas em suas asas combinavam com a foto das cacatuas que acabávamos de estudar na tela. Achamos que devíamos alimentá-las, então cortamos uma maçã e uma banana e colocamos as frutas na mesinha redonda sob o parapeito. Elas não pareceram interessadas, então viramos as costas e entramos para terminar a garrafa de vinho.

Ele ergueu a taça. "Um brinde ao fato de nos conhecermos por todos esses anos e à nossa longa amizade."

Toquei minha taça na sua.

"À quando tínhamos quinze anos e éramos imortais", ele continuou. "E aos nossos pobres pais, que deixávamos tão ansiosos o tempo todo. E à nossa recuperação dos golpes dos últimos anos. Já não estamos só ralados. Na verdade estamos *machucados*."

O telefone dele recebia mensagens.

"Deve ser Nadia", eu disse.

"Não, não é minha esposa", ele afirmou. "É um robô vendendo seguro. Nadia não se importa em saber onde eu estou. Eu a entedio, nada do que digo lhe interessa. Ela aparentemente sempre sabe o que estou prestes a dizer e se incomoda em ter que tolerar o tempo que levo para dizê-lo. Na verdade, ela mal pode olhar para mim, está sempre muito ocupada e parece sentir repulsa pelo meu corpo também."

"Você deveria ir para casa", eu disse.

"Não," ele agora gritava, "você não está escutando. Já não me sinto mais bem-vindo na minha própria casa."

"Sinto saber disso."

"Não, não, você não entende," seus dedos puxavam o que restava de seu cabelo, "'eu a amo, e isso é o começo e o fim de tudo'."

Ele me disse que era uma citação de F. Scott Fitzgerald.

"Na verdade, não sou uma pessoa assim tão incrível, mas também não sou o pior partido. Você concorda?"

Eu disse que concordava. E, pelo que me dizia respeito, ele era um personagem principal na minha vida.

"O que você quer dizer com *personagem*? Não sou um *personagem*."

Eu lhe contei que os executivos do filme tinham me pedido para fazer uma lista de personagens secundários e principais.

"Na verdade," eu disse, "você é um personagem principal secundário."

"O quê? Fui rebaixado?"

"Sim."

Eu podia ver a ele e a Nadia numa paródia de um filme de Jean-Luc Godard, ambos sussurrando num café junto a uma estação de trem, revezando-se para transmitir à câmera (num fragmentado *voice-over*) como tudo era tão impossível e como seu fracasso em comunicar seu amor só aprofundava sua solidão e como eles se sentiam esmagados pelo desprezo um do outro.

Estou infeliz com você e estou infeliz sozinho.

O problema, do ponto de vista de um roteirista, era que ele jamais poderia ser um personagem principal de Godard, porque seus dentes eram demasiadamente brancos e ele não era pensativo o suficiente para fazer um longo monólogo interno.

"Não sou assim tão inteligente, é verdade", ele disse. "Nadia também me acha intelectualmente deficiente. Ela é muito mais inteligente do que eu. Mas seja como for," ele pegou minha mão e a beijou feito um gigolô de antigamente, "não quero esfregar sal na ferida, mas estar sozinha não combina com você tanto quanto você pensa."

Fiz café turco e servi em duas xicrinhas.

Seria verdade que estar sozinha não combinava comigo? Na minha antiga vida eu às vezes parecia irreal a mim mesma. O que *irreal* queria dizer?

Se eu em algum momento me sentisse livre o bastante para escrever minha vida tal como a sentia, será que o objetivo seria me sentir *mais* real? O que exatamente eu buscava? Não era *mais* realidade, isso com certeza. Certamente não queria escrever o personagem principal feminino que sempre fora escrito para *Ela*. Estava mais interessada num personagem principal feminino ainda não escrito.

Podíamos ouvir as aves através das paredes quando o telefone dele recebeu outra mensagem.

Dessa vez ele achava que era o recibo do seu Uber.

"Você veio de Uber?"

"Sim."

"Por que não vai para casa de Uber?"

"Vou chamar um táxi."

Ele tirou o paletó amarelo e se deitou de costas no chão, mãos atrás da nuca, fitando o teto. Eu me deitei no sofá, tirei os sapatos com um chute e estiquei as pernas. Era divertido ficar à toa com alguém no fim do dia. Não ter que falar ou pedir ao outro para levar o lixo ou consertar algo que estava quebrado ou discutir sobre nossos filhos (embora com frequência fizéssemos isso) e saber que verdadeiramente desejamos o melhor um para o outro – e não o pior. Devo ter cochilado, porque acordei com algo roçando no meu rosto. Primeiro achei que as aves tinham voado para dentro do apartamento, mas era só um fiapo solto do sofá. A campainha, agora consertada, estava tocando. Era Nadia, alta e majestosa, envolta num pesado casaco de inverno.

"Ele está aqui?"

"Sim."

"São quatro horas da manhã", ela disse. "Ele tem que ir buscar meu pai em Heathrow às oito."

Eu lhe disse para entrar e ela olhou de relance para o marido adormecido no chão. Cutucou a barriga dele com a ponta da bota e apertou o couro com firmeza até que ele abrisse os olhos.

"Olá, Nadia." Ele estendeu os braços para que ela pudesse ajudá-lo a se levantar do chão. Ela não aceitou o convite e ele ficou ali encalhado, com os braços esticados, enquanto as mãos dela permaneciam nos bolsos do grande casaco de inverno.

A imagem ficou comigo por um bom tempo.

Convidei-a a olhar as aves.

A cacatua mais ruidosa estava circundando um pedaço de maçã batida que tinha encontrado na mesa. Nadia queria saber de onde elas vinham.

Eu lhe disse que não sabia. Tinham chegado pouco depois da meia-noite num bando de três.

Nadia ergueu os olhos para o céu e estremeceu, como se naquela infinitude cinzenta se escondesse uma grande quantidade de criaturas aladas exóticas aguardando para pousar.

"Olhe só o nevoeiro," ela disse, "de onde veio? Os voos que estão chegando a Heathrow talvez se atrasem. *Ele* pode dirigir e eu durmo no banco de trás até chegarmos ao Terminal 3."

Quando foram embora, ainda não estavam realmente falando um com o outro, mas achei que estavam apaixonados mesmo assim. Bebi um copo de água fresca e em seguida coloquei um pouco de água numa pequena tigela para as aves e levei para a sacada. O nevoeiro ainda não tinha passado, mas eu podia ver a cacatua rechonchuda empoleirada no meio da fileira. Ela havia erguido a cabeça decorada com a crista e se sacudia com todo o vigor. Um pó fino e branco subiu do meio de suas penas e caiu feito sal aos seus pés.

13

A Via Láctea

Falo com minha mãe pela primeira vez desde sua morte. Ela está escutando. Eu estou escutando. Isso faz toda diferença. Digo-lhe que estou escrevendo um romance sobre uma mãe e uma filha. Um longo silêncio. Como você está, mãe minha, onde quer que esteja? Espero que haja corujas por perto. Você sempre adorou as corujas. Sabe que alguns dias depois da sua morte, enquanto eu espiava as coisas numa loja de departamentos em Oxford Street, vi um par de brincos em formato de coruja com olhos verdes de vidro. Fui subitamente invadida por uma felicidade inexplicável. *Vou comprar estes brincos para minha mãe.*

Levei-os até o caixa a fim de pagar, mas quando a vendedora os pegou da minha mão eu me dei conta de que você estava morta.

Ah Não Não Não Não

Ao dizer essas palavras em voz alta, eu parecia louca e trágica, como se tivesse saído de outro século. Fui embora, deixando as pequenas bijuterias de coruja nas mãos dela. Naquele momento, cheguei perto demais de entender o modo como Hamlet diz as palavras mais pesarosas de Shakespeare. Isto é, não as palavras em si, mas como poderia ser o tom da sua voz ao dizê-las.

Não é bonito, com certeza. Fui embora daquela loja com muita pressa.

Ah Não Não Não Não

O sofrimento não tem século.

Comecei a me perguntar, pela primeira vez, como a pena de Shakespeare tinha movido os lábios de Hamlet para que eles se abrissem e se fechassem e se abrissem de novo a fim de dizer as palavras que descreviam de forma tão acurada o modo como minha mente não podia aceitar a sua morte. E então li que ele escreveu Hamlet no ano em que seu pai morreu. O verso que tem mais significado para mim, na peça inteira, é a resposta de Hamlet quando lhe perguntam o que está lendo.

Palavras, palavras, palavras.

Acho que ele está tentando dizer que está inconsolável.

As palavras podem recobrir tudo o que importa.

Não vejo fantasmas, mas posso *ouvir* você escutando.

A guerra acabou para você.

Vão aqui algumas notícias dos vivos. Tenho sido visitada por aves durante todo este ano, de um jeito ou de outro. Algumas são reais, algumas menos reais.

Mas as suas corujas são verdadeiras. Parei de pensar no motivo pelo qual estou obcecada por pássaros, mas talvez tenha algo a ver com morte e renovação. No outono, fiz um novo jardim no banheiro. O cacto alto já estava moribundo fazia tempo, então murchou e ficou marrom. Subi na banheira e tirei-o da prateleira. Deixei o cacto menor prateado, mas dessa vez plantei jasmim e lírios e samambaias. Você sabia que o jasmim, assim como a flor de laranjeira, tem um aroma que é do outro mundo mas pode às vezes ter cheiro de esgoto? A samambaia pende sobre a banheira; os lírios se ajustam à luz. O pequeno cacto prateado com os braços apontando para o teto parece que está rezando para que chova.

E eu também. Todos os dias são difíceis.

E eu adoro a chuva.

Obrigada por me ensinar a nadar e a remar um barco. Obrigada pelos trabalhos de datilografia que colocavam comida na geladeira. Quanto a mim, tenho coisas a fazer no mundo e tenho que seguir em frente com elas e ser mais implacável do que você foi.

14

Boas novas

Encontrei-me com o pai das minhas filhas para discutir o Natal. Era o segundo Natal desde que nos separamos, embora tenhamos caminhado lado a lado, juntos mas separados, por muitos anos. Falamos sobre o cardápio e quem ia cozinhar o que naquele dia, e compartilhamos ideias para os presentes das nossas filhas. Estávamos num café desses de franquia, sentados em poltronas de couro marrom, um de frente para o outro. Uma canção de Joni Mitchell tocava nos alto-falantes. Falava sobre odiar e amar alguém, mas fingimos não reparar.

Discutimos as notícias e falamos do tempo. Nem uma única vez mencionamos a tempestade que afundara o barco. Ainda estávamos zangados um com o outro, mas estávamos calmos; e eu certamente desconcertada pelo quanto não o achava entediante. Era como se tivéssemos feito um pacto, no momento em que nos conhecemos, de saber menos um sobre o outro e não mais. Eu aceitava o fato de que esse era o erro fatal que nos separou, e esperava que pudéssemos agir melhor nesse sentido com outras pessoas.

Eu não tinha arrependimentos quanto a não nadar de volta para o Prateado, mas lamentei não ter encontrado a toalha de mesa branca de algodão egípcio no Natal do ano anterior. No fim, tive que usar uma toalha de mesa branca de papel. O aspecto não era muito bom, embora eu tivesse sugerido às minhas filhas que nossa mesa parecia aquele tipo de *brasserie* francesa na qual o garçom escreve o nosso pedido nos cantos da toalha de papel e depois volta para somar a conta. Elas não se lembravam do tipo de *brasserie* que eu tinha em mente e perguntaram se eu ia cobrar dos nossos convidados o almoço de Natal. Este ano, a toalha branca de algodão egípcio estaria adornada com velas, frutas vermelhas, azevinho e visco. O pai delas se juntaria a nós e eu convidaria o homem que tinha chorado no funeral e seu novo amante para vir também. E Celia, é claro, se ela tivesse espaço para mim em sua agenda ocupada. Decidimos fazer molho de *cranberry* e também molho de pão, e trocamos dicas de como fazer ambos. Não havia modo de consolarmos um ao outro pela mágoa não revelada que contribuíra para que o barco afundasse, ou pela nossa falta de desejo de nadar de volta para ele. Ainda assim, era verdade que a máscara social de marido e esposa, que tínhamos usado por tanto tempo, caíra, e podíamos ver um ao outro de novo. Talvez o que víamos fosse humano demais para tolerar. Levantamos, vestimos nossos casacos e nos demos um beijo de despedida.

Na noite anterior, eu estava vendo uma entrevista na televisão com uma mexicana de meia-idade que trabalhava lavando pratos num cassino em Las Vegas. Ela havia criado sete filhos, seu filho estava servindo na Marinha, ela falava sobre fugir para os Estados Unidos quando era jovem. De início eu não prestara muita atenção, mas logo estava bastante atenta. Suas palavras abriram um espaço, um espaço muito grande dentro de mim. "*Atravessei a fronteira sozinha, vim sentindo a escuridão preta e azulada, o uivo dos coiotes, o som das plantas.*"

Quando uma mulher tem que encontrar uma nova forma de viver e rompe com a história social que apagou seu nome, espera-se que tenha um ódio doentio por si mesma, que esteja enlouquecida de sofrimento, lacrimosa de remorso. Essas são as joias reservadas para ela na coroa do patriarcado, sempre ali ao alcance da mão. Há lágrimas o bastante, mas é melhor caminhar pela escuridão preta e azulada do que tentar alcançar essas joias inúteis.

Marguerite Duras sugeriu, num devaneio que lhe veio na calma de sua última casa, uma casa que ela criara para agradar a si mesma, que "a escrita chega como o vento".

> É nua, é de tinta, é a escrita, e passa como nada mais passa na vida, nada mais, exceto ela, a vida.
> (Relicário, 2021)

A escrita que você está lendo agora é feita de custo de vida, e é feita com tinta digital.

Este livro foi composto com tipografia Adobe Garamond Pro e
impresso em papel Off-White 80 g/m² na Formato Artes Gráficas.